IV. ÓLEO AL MEDIODÍA DE UNA VIDA

IV. ÓLEO AL MEDIODÍA DE UNA VIDA DECRETANDO LA ALEGRÍA.

Tony Cantero Suárez

ÍNDICE

Dedicatoria:

¡A la palabra!

A estas mismas, a las vuestras y a todas las utilizadas...

A las buenas y a las malas que se nos escapan, ya que nunca faltan cuando de decir se trata, o en poesías nos acompañan. Pues son escudos y armas con las que cuentan nuestras almas cuando hablamos de amor, de libertad, de redención y de esperanzas.

¡A la alegría, siempre viva para quienes la persigan!

A la vida que en sonrisas se derrama cuando por la lengua se escapan para ser escuchadas o leídas, comprendidas y a cabalidad respetadas; pues con palabras se expresan nuestras máximas.

Y al cálido mediodía, fuente de magia y de gracia literaria.

COLECCIÓN
Los Susurros de Cantero
Óleos Poéticos. ©

Prólogo:

Si tiene usted, estimado lector, la idea de que la Poesía es una lectura aburrida, propia de espíritus lánguidos y pusilánimes es, sencillamente, porque aún no había tenido la oportunidad de leer una obra de Tony Cantero Suárez.

Le advierto, amigo lector, que tiene entre sus manos versos palpitantes en los que se cantan grandes verdades, de forma absolutamente original y atractiva, sobre la Vida, el Sexo, el Amor, la Libertad, las oportunidades perdidas... Y, cómo no, a la añoranza por la tierra natal de Tony Cantero: Cuba. Lejana en la distancia del exilio pero muy dentro de todo su ser y sus rimas, que rezuman azúcar y aromas de hierbabuena.

En Cantero el verso es inevitable, forma parte de él mismo. Por ello, le imprime un ritmo y una musicalidad original y propia que van más allá de los requerimientos propios de una obra poética: son la verbalización de su espíritu libre, apasionado y cubano. En Cantero la poesía es un impulso vital, una necesidad compulsiva.

Como la luz blanca se descompone en colores de infinitos matices al atravesar un prisma de cristal, así nos muestra la realidad Tony Cantero a través del tamiz de su alma caribeña: como un mágico y cálido universo personal que nos impacta, envuelve y enriquece la mirada de forma definitiva.

Este poeta cubano logra con un lenguaje onírico, en ocasiones surrealista, un efecto sorprendentemente realista, auténtico y original, con la naturalidad que sólo un genio puede alcanzar.

Tony Cantero consigue conmover a su lector y lo que muy pocos varones han logrado desde Flaubert con su "Madame Bovary": ser capaz de meterse en la piel y en el alma de una mujer enamorada y entregada. Además, Cantero lo consigue en verso.

Cuando Tony Cantero me ofreció la oportunidad de prologar esta obra, no dudé ni por un instante en hacerlo porque había tenido oportunidad de leer poemas suyos que me impactaron por su estilo novedoso, rompedor, ajustado a nuestros tiempos y no por ello menos ingeniosos y líricos.

No se engañe el futuro lector de este "Óleo poético" por titularse como susurros de su autor; pues, aunque lo sean sus versos y vayan dirigidos al secreto oído del lector, sepa éste que Tony Cantero con su verso irrumpirá en la blancura de las páginas de este libro como lo haría un toro bravío en el albero del coso taurino: nos pasmará con la potencia y la fuerza de su vibrante rima y nos cortará la respiración con su trote rítmico; nos embestirá una y otra vez, con nobleza y

11

bravura, con su mensaje sincero y profundo entre los pliegues de su verso.

Invito al lector de esta digna obra a pasar sus páginas con la elegancia que un torero le imprime a su capote al esquivar a la extraordinaria criatura con la que crea figuras de lírica belleza.

Entre en el juego lírico de Tony Cantero. No se arrepentirá de haber sentido en más de una ocasión la laceración del asta de la Verdad, al deslizarse lenta y sensualmente por sus versos.

Sienta sacudir su rutina por el huracán de versos de Tony Cantero. Un descubrimiento que le conmoverá y en ningún caso le dejará indiferente.

Dolores García Ruiz
Escritora, investigadora, conferenciante y guionista. Asesora literaria. Autora del best-seller "El secreto de monna Lisa".
Valencia (España) a 1 de septiembre de 2013.

12

- El mediodía me envicia por su ideal vuelto rimas, cojo mi pincel a líneas y les pinto una historieta de las que juzgan la niebla y otras de las que la atizan; y es que el mediodía me inspira, a vestir de óleo la tinta.

(Extraído de: Óleo al mediodía de una vida, Pág. 36)

13

Canto a la misma vida.

- Refúgiate en tu sonrisa y dale rienda a tu existir, que las penas lo comprendan; date fuerza aunque no tengas, bate energías, ten swing. Que no te apresen las deudas ni te abrumen las maneras. No te pares, no te rindas, no te duermas hasta el fin; alza la vista y pelea.

- Dite que todo comienza y no pares de persistir. Nadie es profeta en la tierra y eso es una gran certeza, pues con letras y poemas se cuentan historias viejas; si alguien piensa que es cometa que se encienda en luna llena. Y al sol se diga que es picdra, cardera y cera.

- Nada da la gloria eterna, ni nadie paga un delis cometiendo otra imprudencia aunque sea a ciegas; los sermones, la rencilla, casi nunca dejan bien. Lo que se anuncia termina por decir que fue al revés; y el pescador siempre cuenta que el mejor pez se le fue…

- Con el anzuelo en la orilla, las manos llenas y abiertas, el cuerpo en fango y a medias, la cabeza en la goleta; pues quien a sabiendas se hunde en ellas, es porque pesca en las mareas. Sedimento empedernido y desconsuelo, flor, cemento, aparecido, huesos viejos.

- Tarareando vuelve el trino al monte aquel; y amanece florecido el bello Edén. Y la vida se entroniza como vello que se eriza a flor de piel, se eterniza en la memoria y llega a ver, se

15

sumerge, se deleita y deja miel. Se distingue, se valora y llega a ser; un sueño nuevo que colma.

- Si derivas no te pierdas, vuelve a tu puerto otra vez, llama a casa a tu consciencia y trae la razón sin stress, pierde el rumbo del ciempiés que pisa igual donde vaya, que paso a paso ve la playa y luego las marejadas largas; navegando en aguas vanas y atarrayas que lo enlazan...

- Solo andando se hace polvo lo pasado, solo errando se descubre el fin del acto sin milagros. Todos somos el misterio del demonio encrucijado, que en el lodo desfraguado olvida sordo. Todos somos dios distinto y ritos mórbidos; y ni el oro vale el precio del destrozo.

- Cuando damos no pedimos al segundo, esperamos y decimos que ya es mucho. Nos lincharon tiempo espinas y sonrisas, nos paramos por diatribas y por rollos. Y partimos algún día a nuestro encuentro metafórico; y nos vemos y decimos que aún es poco.

– ¡Y fundamos frente al árbol, ya sin rostros y ojerosos!

- Y entonamos nuevamente melodías, pues la vida siempre triunfa aunque la venzan; y no es mentira, recuerden las guerras fílmicas. Frente erguida y para bienes maravillas, nos sentamos frente al cuento y lo cerramos; pues un libro ya leído sabe a años liberados.

- A lluvia fresca, a primaveras y a sonrisas; lo humano es un

16

torbellino, que se atiza al desear lo que ha pensado.

- Y cantamos alto y fuerte que es de día, si la noche ha sido larga en el calvario. Y atrás queda lo pasado en polvo y piedras. Queda el morbo, las tormentas y la espera. Y entonamos nuevamente melodías, pues la vida siempre triunfa aunque la venzan las mentiras.

- Refúgiate en tu sonrisa y dale rienda a tu existir, toma rumbo, luz, consciencia. Pues la vida siempre triunfa aunque la venzan y es así. Deja atrás lo que has vagado en polvo, piedras, bruma, añil. Deja atrás la intolerancia; sigue avanzando y no desistas de vivir.

– Y canta alto que las alegrías te esperan, que otra vez por ti la estrella se iluminará boca abierta en la pradera; pues la vida siempre triunfa aunque la venzan.

17

La rosa tierna...

He visto un capullo imberbe relajarse al mediodía, los pétalos que se le abrían eran de un rojo bien fuerte, su corola en bulbo ardiente se alocaba pues olía. Y sus pistilos vivientes la volvían hembra a luz verde, que por la guardarraya florecía; al borde del sendero alegre, por donde pega saberse héroe.

- Y al escucharla susurrando de sus adentros de árbol, fragüé su Cáliz gimiente por sus estambres cuajando, en hilo fino al dedillo y en letras de fin de cantos. En melodías de bolsillos y en amor del que buscábamos, en vientre pleno de brillo y a media luz llueven tangos; fumando el rito divino, los dos juntos embriagándonos.

- Y he visto la rosa roja enternecerse en mis brazos, rosearse de alcohol de cactus y de polen de amapola. He visto la rosa roja toda bordada de labios mágicos, de besos buenos y cárnicos y de un tallo bien parado. Y me ha visto desnudado por sus campos, con mil ramos de Milsueños, dispersados por sus cielos extasiándonos.

Hojas verdes vi crecer puesta al poniente, luz de tinta y parecer que filo tienen. Flor de fresa, amanecer, agua con peces. Ranas cantan sin beber y se lo pierden, la han podado de pecados pues no tiene, pues no quiere que el Edén sumerja al verde. Se enternece, se somete, me pervierte; y me pierde en sus ovarios ya sedientes.

18

– Me da besos donde quiere; y el estigma de su cuerpo me enmudece, me poliniza el cerebro y me lo invierte.

- Y yo me sumo a sus eses por las curvas donde viene ella a perderme. Y ella me espera y se aleja por praderas que la cuentan. Vuela cual mariposa tierna y suspira entre mis venas, se dice que la rosa estalla cuando la cortan al alba del jardín donde se entallaba. Y se dice que en mis manos sabias florecerán las mañanas de sus ganas siempre ávidas.

– Toma esta prosa muchacha; que no hay tantas para regalarlas. Y nadie regala nada si no hay magia incontestada; o locas ansias de contar sin gastar plata...

- Y como rosa de estampa vuélvete verso y palabras, que con tus gestos bien hagas esperanzas al sembrarlas. Y como trino que canta por tus entrañas en fragua, pide el amor que buscabas y te daré yo el que traiga. Yo te daré lo que quede y traigo en jabas. Yo te daré lo que pidas y esperanzas de encontrar lo que buscabas.

He visto una rosa tierna fundirse en besos guirnaldas, trepar como hiedra fresca por la pared de la sala. Cantar una serena y bailar un bolero en faldas, decir amor a boca ancha y repetir que me amaba. Y he me he pintado de esponja y le he absorbido su nata; y hasta sus pétalos mágicos, han gemidos al ser amados.

– Y se han colmado volcánicos, de los dones de mis labios; y ha recordado el presagio, susurrando un vuelve rápido.

19

Tu flor de nata.

Yo soy tu rosa, la más hermosa, siente en mis notas, la melodiosa sensación de una guitarra. Yo soy la Diosa, la col que brota, siente mi aroma corazón que extasió ingrávida. Yo soy tu Diva, tu canto en rimas; tu deliciosa creación, tu flor de nata…

Candor de alcoba, fresas y albahacas, mira a mis pétalos que te abro como poros. Siente mis manos que te tocan mientras oro; tenerte siempre y no perderte ni en otoño. Tenerte siempre y darte gozo a pecho hondo. Mis senos tocas; y me desbordo…

– ¡Tenerte todo es lo que sueño y no a algún otro!

Y ser tu prosa y tu lengua homérica. Troya, tu Elena, tu pasión, tus sumos gélidos. Olas y espuma recalados sobre rocas, tu cera amazónica se agota por mis venas. Góndolas y siluetas navegando hasta Venecia, a cielo abierto y estrellado en luna llena.

– ¡Tenerte solo es lo que anhelo más que todo!

Y si te tienta me abandono a mis demonios; y a ser besada por tus labios melancólicos. A sol mi piel, que sabe a miel de guirnaldas. Los dos desnudos, los dos locos, los dos tortolos. La espalda dada, tú de frente y yo sin ojos, no poder verte me entristece; te lo imploro.

20

Mírame y vuelve conmigo al cosmos, ponme alas, tenme. Y pídeme que te maúlle como gata por tejados ya sin luces, que me caiga en tu perfume y que al besarme te inunde con mi dulce; y que hasta el dolor me penetre, por donde mi tinta fluye...

Y que si duele, que el remedio sea quererte; y saber que por mí mueres dando gritos que despierten a quienes duermen. Y como gloria que enaltece un cuerpo imberbe, que me apreses; y me beses y me beses y me beses; siempre que te pida tenerme.

Que sean bellas las memorias de este otoño, los dos nosotros dos solos. Vuela mi vientre, súdalo todo; temblando hierves, tu y yo te adoro. Si somos novios, serás mi Apolo. Y si te tienta me abandono a tus demonios; que me matan, sobre tu cama...

- A ser amada, con ganas ávidas cárnicas; y a ser plantada y tallada, dentro del agua, célica ardiente.

Como un capullo de leche que en su tasa se desmalla, con los pétalos sedientes por una corola mágica. Y como lazos y dientes que embriagados se batallan para desenlazar la trama, que tus brazos con mis brazos se me enreden; y que me dejes atrapada...

– ¡Cómo amor y campanadas; y a carcajadas de gracia!

21

Por una plaza casada y flechada por tu duende verde que me inspira la esperanza, deseo vernos en presente. Y a mis anchas, endiablada, esculpida en amatistas y esmeraldas; y por las hojas de tus versos ver mis alas, ornadas cual lágrimas de magma...

Yo soy tu Ninfa, tu imagen fílmica, tu prosa viva creación y tus herranzas. Tu deliciosa manzana y tú canción de madrugadas plácidas. Tus venidas y llegadas avisadas a mi almohada, tus partidas nunca largas y tus tramas entre sábanas gastadas.

- De entrañas blancas mojadas; yo soy tu rosa podada.

Y si te tienta me abandono a tus demonios que me matan; a ser plantada y bien besada como mandas.

– A ser tu amada; tu flor de nata...

El Duende loco.

Yo conozco a un Duende loco que se me cuela en los sueños cada vez que alguno tengo, que me trae pluma, tintero y muchas hojas que dan besos. Y se la pasa dando brincos de un lado al otro del techo, me hace signos con los dedos y me pellizca si me duermo; porque si solo me quedo Morfeo no me trae retos, ni el pecho inspira a mis dedos lo que cuento.

Yo conozco a un Duende loco, verde, amarillo y moreno, que siempre anda despierto componiendo versos nuevos para quienes quieran leerlos. Me mira fijo, me dice vuelvo, me empuja al suelo y en tinta me riega estos. Me cierra un ojo, me abre el que quiero, me deja ver que el tiempo al tiempo pasa y vemos; que ganamos los recuerdos…

Yo conozco a un Duende loco que me pierde por sus cuentos, me hace soñar a los cielos, me baja el sol, me sube a ellos. Busca a la luna más bruja y la acompaña en lucero, como los gatos maúlla y ladra como perro fiero, nada en los ríos revueltos y croa como zapo gélido; pero cuando me ve durmiendo, me acaricia el sentimiento.

- Y yo lo quiero, lo quiero, porque él es mi complemento cuerdo; mi pedazo sin veneno y todo el amor que siento.

- Y yo lo quiero, lo quiero; porque aquí nadie es perfecto.

23

Yo conozco a un duende loco que vaga por los senderos, que de día vuelve al hueco y me deja a mí escribiendo y con el tintero ya seco. Que en las noches me lo encuentro ornando un florero viejo que olvidé en un lienzo amnésico; y al espectro de mis fuegos me lo dibuja en un pliego dedicado por momentos; escampando de aguaceros...

– Yo conozco a un Duende loco, que siempre anda despierto.

- Y yo lo quiero, lo quiero, porque él es mi fundamento etéreo; mi amuleto y pensamientos más sinceros...

- ¡Y yo lo quiero, lo quiero, como cuando pido besos!

– Yo conozco a un Duende loco, sin necesidad de espejos.

- Y yo lo quiero, lo quiero, porque él no tiene remedio...

– ¡Pues yo lo quiero y lo quiero ver durmiendo!

El Dios del Beso.

Por los parajes y rumbos donde me pierde el cariño cuando busco amores buenos, he visto a un cuerpo benéfico saltar por los precipicios y hasta colgarse del cielo. Recuerdo un animal poético como esos simios ya míticos que tienen patas en el pecho para defender los huevos que el ardor deja en sus nidos.

- Tiene un sexo lleno de fuego y un cerebro de genio vivo y enamorado del tinto. Orejas grandes pegadas por detrás del pescuezo, hocico que huele a kilómetros el espíritu del mito. Boca grande y dientes finos que cortan como cuchillos, aunque no tengan veneno ni para matar insectos.

- Tiene ojos de caramelo y ombligo de fin de siclo para parir sentimientos. Tiene dos alas de tórtolo convicto por el misterio del verso al describirlo, como los angelitos venidos del paraíso ya ebrios de contentos. De ese lugar todo lechos donde los besos son tiernos y los amores eternos y egocéntricos.

Por los parajes y rumbos donde a medias vivo sueños, me he encontrado a un Caballero de otros tiempos, añorando un mundo nuevo. Rogando amor y delirios que hagan olvidar lo feo y lo prohibido. El Dios de los Besos Buenos y Tiernos, dijo llamarse el individuo protagonista de este cuento.

– ¡El Dios del Beso Divino, el que canta como pajarito!

25

El que a los rabos más tímidos los ha dejado cubriendo en nidos gélidos, el buen ser adicto al vicio de besar hasta durmiendo. El Caballero frenético que encomendó al Dios Cariño de hacer florecer los suelos del Olimpo con idilios, el más sensual de los vivos y no importa si es un simio.

– El Príncipe Azul remedio vuelto historia de tintero.

El Dios del Beso profético que a Cupido le dio aliento, voz y términos. El que al adiós dice vuelvo y regresa a ver los huevos que pone en año bisiestos, el del rojo sexo térmico que si lo tocan va lejos y cuando aprieta dice quiero y se da entero; el amigo de los buenos gestos duraderos.

El que irriga con pétalos sin veneno los senderos polvorientos, con vela, velo y a pecho; desnudo, abierto y sonriendo. El Dios de los Besos Buenos que anda buscando a Labios Bellos para morderlos gimiendo. La flor divino tormento que se extasíe bajo el cielo, para erotizarle el cuerpo con sonetos.

Yo lo he visto en una estatua esperándola en su techo, el grito herido insumiso y el deseo en el hocico como un perro. Como un felino temido, implorando a puro nervio. Anda buscando el cariño en los brazos de Labios Buenos, en el encanto consentido y algo ingrávido de sus besos.

- Anda rimando caminos y colmándolos de sueños; y lo aclaman porque da besos magnéticos y llenos de deseos.

26

La Diosa de los rostros bellos

Llevo escribiendo estos versos desde que bajó del cielo, son los mismos que hace tiempo quise contar con mis dedos; pero me faltó el aliento, la voz, la tinta y los sueños. La sangre corrió y recuerdo, que me fui poniendo viejo. Que perdí y gané, por cierto; que di por ciertos misterios. Que vi en los cerros lloviendo y nevando en mi cantero, que vi el poniente de un puerto.

- Que pasó un año, otro y cientos; y no volvimos a vernos.

Que se incrustó en mis recuerdos y ahora la veo y la veo; ya hace siglos que la veo y la recuerdo. La recuerdo, la recuerdo y la recuerdo; solo sé que la recuerdo y que la veo sonriendo. Que la beso y la pervierto, que la tengo y la deseo, porque ronda mis pensares con su espectro; y entre versos la recuerdo pedir besos. Y entre rezos y boleros la despeino, como recuerdo…

– ¡Qué tiempo llevo ya en esto, ni me acuerdo…!

- Yo me llamo pasatiempos y soy el Dios del Momento; y ella se llama Milcuentos, la Diosa de los rostros bellos.

La que colmó mi cerebro aquella noche de enero, del año ya no me acuerdo porque no vi el sol de nuevo, después que toqué su cuerpo. Y en sombra voló su espectro sobre el anochecer de aquel pueblo, donde los bohemios en celos ento-

27

nan boleros viejos. Rasgan guitarras y cueros, cantan gallos, maúllan gatos; ladran perros y hay ron bueno, que pierde a los amores ebrios.

- Y serenatas, balcones y Romeo; y la Julieta del verso, mira abajo y lanza besos desde el cielo, como cuento…

– Y su rostro ante mis ojos veo de nuevo, sonriendo.

Hace encuentros que estas líneas me las debo, me las prometí en un sueño pensando en ella despierto, divagando por el pueblo despeinando sus cabellos y secretos con mis dedos. Con sus ojos de colirio viendo lejos, por su piel de terciopelo oliendo inciensos. Por sus senos, pecho y cuerpo mereciéndolos; y por sus
labios beso a beso enmudeciéndolos, como recuerdo.

Yo me llamo pasatiempos y soy el Dios del Momento; y ella se llama Milcuentos, la Diosa de los rostros bellos.

Como recuerdo…; cuando la advierto…

¡Qué tiempo llevo ya en esto, ni me acuerdo…!

La Existenciala literata.

- Más allá de todos los cielos donde no llegan humanos, ni así lo pidan con rezos, conscientemente viviendo del progreso. Más allá del si mañana no me muero, mi cerebro dará versos. Más allá del no sabremos; quienes se morirán sin leerlos. Más allá de los cementerios donde descansan inquietos los fuegos fatuos de besos y el esperma de tinteros secos. Más allá de donde piensan que el silencio hace al misterio; y las leyendas los momentos…

- Más allá de donde Homero pudo imaginarse un cuento después de un embuste épico. Más allá de los conceptos, de principios y preceptos que no idolatran los muertos. Más allá de donde oyeron, de donde vieron y creyeron que era cierto el alfabeto; y aún más lejos, de donde atormentada y flemática parte a por nosotros eufórica y calmada la desgracia. Con vela, capa y guadaña, para robarnos nuestras almas ya cansadas de tentar hasta por nada.

- Más allá pues la distancia queda lejos de lo dicho sin saberlo, existe un Universo Léxico que vaga hacia el infinito enésimo, rodeado de astros y espectros aún más viejos y complejos que los nuestros. Un electrón homogéneo vitaminado en el centro y con polos de esqueleto, destinado al pensamiento ecléctico y a las jergas que no hablamos aun por miedos. A las cintas y alegrías sin alergias; y a las maneras de idas, que se perfilan perdidas.

29

– Una estrella pasajera que avanza por un firmamento hueco... Envuelta en sonetos célicos modernos, hechos del agua y de la luz del viento, de sentimientos sin cuerpos y de espejos.

- Más allá, si siguen yendo aun más lejos, llegarán hasta el séptimo ensueño del rascacielos del sexo placentero. Pues allá donde les reitero en cada verso, solo hay voces, humos, fuegos. Y corazones quiméricos que se entretienen en juegos, habitados por fantasmas con sus velos, ya sin rezos. Pues por allá la ignorancia nunca ha puesto ni sus pies ni sus cabellos; y no existe rumbo más derecho, ni en presente, ni durmiendo.

Y en esa mágica Galaxia que vaga hacia el interior de un fresco nuevo y épico, vive flechada entre epigramas y comedias *La Existenciala Literata*. La Diosa gloriosa de las Odas que la aclaman y le oran horas y horas. La melodramática Maja de las sátiras, la Égloga más romántica de haya, la canción de apologías y las razones del Karma pues si orgasmiza no calla. Y en epístolas la narran, temeraria; y envuelta en tragedias mundanas, agraciada.

– ¡Fetal, rebelde y volcánica; y hasta el colmo adjetivada!

¡Y en secuencias de esperanzas no alcanzadas criticándola, su piel naranja se desnuda sonrojada para contemplar las almas! - Y viene y vuelve y va al adiós sin ver qué pasa...

30

Y regresa con su lámpara embriagándola, se ilumina y gira cárnica cual carátulas de novelas para entrañas perfumadas. Y alimenta a palabra con sus cartas; y si no, no escribe nada. Pues la sabia solo premia a quien no malgasta nada. Y se las pasa meditándolas, por su pecho cual almohada acalorada. Y las embruja dibujándolas excitada, con la boca ensangrentada tras chuparlas; trazando la coherente distancia que separa a cada estampa del mañana...

E imaginándolas: Las líneas brutas y plagias, solas sanan sobre su cara tierna, lánguida y pudiente. Retocándose en cuartillas como membrana de sábanas; y plasmándolas sobre su vientre siempre ardiente. Resbalando engalanada como Venus sobre el Monte Transparente; y con las manos inundadas de los mares trae peces y merengue, cerebral e hipnotizada. Pues con velas sus terrazas sola halaga, hasta hacer natas de leche condensada en serenatas.

- Hasta que las llamas la hacen verse; y se ve verde de césped... Y las elegías al desamor del ser que acaba borra y mata; y las lenguas las babea titubeándolas, dando entre piernas guataca.

Pues la cordura y la pasión de su Hada Magna de fábulas, crea las tramas que eternizan su Galaxia en cada página narrada. Y más allá de la ruptura en la expresión que aclama al genio de quien habla, iluminada se apaga; y se enciende ya cuarteada relatándola. Y con su vilo lega el sueño que las musas nos regalan al contarlas, más allá de donde en besos

31

las lenguas los dientes mascan; más allá los que leyeron, la encontrarán inspirada.

- Describiéndonos los cuentos que en libros luego nos manda...

- A ella la llaman la necesaria alabanza, porque su carisma habla.

– *La Existenciala Literata...*

La que en vida nadie alcanza rebuscándola si no asiste a la *"Academia Neurolabia"*, donde enseñan que las letras no se gastan si se visualizan las páginas, admirando en cada estampa la pasión del corazón de las palabras. *La Existenciala Literata*, pluma, tinta, sangre, voz y luz plasmadas. La que avanza en su Galaxia hacia el mañana, inspirada por los besos que hechos versos la hagan agua; vagando al enésimo infinito en una carta.

- Cultivando en cada frase la esperanza de encontrar una mirada; y si la atrapa, desde allá se lega en sueños a distancia, enamorada.

El Idílico Existencialista

Tony Cantero Suarez, Trinidad, Cuba, 26/06/1970 – actualmente reside en Paris, Francia donde ha escrito la totalidad de su obra.

Poeta y narrador cubano, libre y autentico pensador. Humanista, de pensamiento filosófico literario enmarcado en la nueva corriente poética de: "Los Idílicos Existencialistas", creada a finales del año 2011 junto a un grupo de amigos y artistas, que igualmente basan y estructuran sus obras en el

33

más profundo y rudo, delicado y enamorado existencialismo del ser de nuestra época. Remarcando virtudes y calidades, pero de igual manera, sin exonerar sus obras de la imperfección propia de lo humano.

Esbozando cada sentimiento y estado de ánimo en el contexto de la vida social moderna y dando más protagonismo a los rasgos naturales del ser, que a los sentimientos inspiradores de sus textos. Y como en óleos, pintando con finas y abstractas pinceladas, la esencia de la vida de estos tiempos, vista y argumentada desde lenguajes abiertos, rítmicos y depurados que les han permitido labrarse sus propios estilos de decir, de cantar, tocar y actuar.

La Musa mala.

La calco en líneas pues les juro que la he visto en una estampa, sola y macabra me llamaba desde el borde una trampa. Señas me hacía para que viniera a amarla, manos vacías y tentándome a tocarla, llenas de trizas y de polémicas trágicas.

Agria la risa y la sonrisa despreciada. Traición, rencillas, cruentos gritos y una plaza donde venir a torearla. Malas palabras por su boca se regaban. Terciopelo y arrogancia, felino sexo; amor y entrañas amargas destrozadas. – Azul de plagias, verde mecánicas. - La Musa mala me desgana. ¡Versos sin gracia!

- La calco en líneas pues su nombre me arrebata, en letras negras, tinta china y hojas blancas. La llevo atada en pesadilla a madrugadas, no se desata aunque otras duerman en mi almohada; y me avasalla, se avalancha y se derrama temeraria sobre paginas rasgadas. Me inspira lágrimas, me olvida al alba; la veo y me acalla.

– La Musa mala. - Me leo y me habla; como tirana...

A que me encuentro una razón parafraseada, en una prosa con su foto y sin palabras. En una alcoba en blanco y negro a velas largas, la luz divina, el fin del trauma y la terapia. La calco en líneas deprimida y asustada; sin más palabras.

– Y vuelvo a llamarla; la musa mala.

35

La voz del cuento.

Por allá por donde el cielo se confunde entre las nubes y el viento, por donde el sol de los cerros ilumina el cuarto abierto donde con la luna se da besos y luceros; y luego al poniente el suelo lo refrescan aguaceros, lloviendo astros gimiendo. Donde el día parte de sueños cuando está lejos el regreso y el pretérito se alaba sus progresos sonriendo. Por donde los ríos del pueblo traen las aguas que se fueron a buen puerto; por allá, por allá lejos...

- Por allá mismo la recuerdo...

Gravitando esperanzada con mis cartas, de rosa y dental al alba. Ni dormida, ni despierta; acalorada y orgásmica. Con los ángeles en vela y vueltos estatuas observándola. Vestida, desvestida, presumida; desnuda, reflexiva y lánguida. Cultivando las palabras para darlas, a todo el que le hicieran falta. Por allá donde los árboles rimaban sabia y erratas con naranja; —Por allá donde los dedos, con viejos versos por los caminos desandaban.

- Por allá legaron sátiras, floreció tras serenatas, por allá la cruel distancia fue encontrada en una lagrima sangrada; matándola... — Por allá por allá por donde nadie imaginara.

- Por allá hasta el cuento hablaba y al firmar daba las gracias.

36

Y por allá me esperaba enamorada un Hada mágica, para darme las palabras que tocaran sin pagarlas. Las que cupieran en mi cofre de pirata. Las medias tintas, las menos malas, las imperfectas y las siempre exactas ya calculadas. Pero nunca me dio las banas, ni las alérgicas y de facilidad abstracta. Ni las faltas de gracia que atrasan porque nunca dicen nada, pues por allá el diccionario no hacía trampas; y solo hablaba...

- ¡Y la Diosa de las letras era Sana; por su importancia!

Y en las tardes como pluma divagaba; y extasiada daba lengua ensalivada, a los labios de gargantas que inflamaran mencionándola. Y las cartas las leía entusiasmada, una a una y sin juzgar por la gramática, pues llegaban sin pedirlas en piñatas, para fiestas donde al explotar gritaban: Si te falta la expresión no eres quien hablas. Si no importa entonces dame tus palabras; sin cobrarme las más caras.

- Y si te sobran las guardas para escucharte entre páginas, por allá por donde el cuento al inspirarte traiga magia. Y digas gracias ojeándolas; y por allá con ella te distraigas...

– ¡Escuchándola!

37

La fuente de los deseos infinitos.

Del costado del Olimpo donde el verde vuela eterno, los riachuelos y el viento bañan de helechos el suelo y fertilizan los senderos de un colorido frenético. Y los ruiseñores bohemios cantan melodías de delirios para los amores viejos y los idilios quiméricos de ensueño.

Y los sueños le hacen guiños a los años ya vividos, al cariño verdadero y al futuro que va en ello. Y hasta los peces perdidos inundan mares y puertos; y a veces como al de este cuento los echo al agua de nuevo, para que vivan contentos entre cascadas y cerros.

– A un costado del Olimpo y solo en versos lo vemos.

Son como nadie había dicho y como pocos creeremos, por escamas llevan pétalos, en sus colas largos velos y por aletas cabellos, ojos grandes firmamento y boca a labios abiertos. Y de sus entrañas brotan gélidos los sudores de sus cuerpos, que refrescan los senderos...

Y por sus lagrimales rosas perdidos entre estrellas y hojas, la lluvia cae del cielo y brotan notas bien hondas desde las profundidades de sus cuerpos. Si el sol se eclipsa la historia es otra, la luna atrapa un lucero y entre truenos se va al pueblo; a bailar con su romeo.

38

A la fuentes de los deseos quiméricos, que a chorros esparce besos adictos al candor sin celos y a los momentos duraderos. Donde un segundo es eterno porque al vivirlo entre ritos el ardor causa mareos; a la fuente de los desvelos poéticos, con vino y queso.

A un costado del Olimpo y solo en versos se ha escrito lo que cuento. Con signos de un abecedario mítico lleno de adjetivos nuevos y prolíficos como los amores modelos de los cuentos. Como los besos más buenos, ensalivados y célicos; que al mordernos dan mareo.

- Hasta allí nadie ha llegado porque en verdad queda lejos ese Edén que hoy les describo; los invito a conocerlo.

Yo solo lo he visto en sueños divagando por mi limbo, cantando a tintero abierto con mis dedos ya dormidos que me piden mil deseos. Y unos versos le dedico a mi jardín de Milsueños y a los peces de Cupido; que tiro al aire de nuevo cuando el lago está vacío y me lo siento.

Que el agua no llega al pueblo porque el rio no ha crecido; porque el amor infinito, también termina muriendo. Y a un costado del Olimpo y solo en versos lo vemos; entre cascadas y cerros, donde el olvido es ajeno. Y a veces, como al de este cuento, los libero sin comérmelos...

- Para que vivan contentos, dando deseo y sin perderlo.

39

Labios Buenos.

Por sus venas rojo tinto anda mi espíritu corriendo, por su piel andan mis dedos, por sus caderas yo vuelo y por sus adentros me alejo y pierdo el miedo a los tormentos. Por sus profundos adentros donde el sudor sabe a vellos, a dulce flor sin veneno y a pétalos sin sufrimientos; a amor, a ardor y a sendero.

Así escuché decir alto a un individuo frenético y repetitivo, clamaba en rezos divinos salidos de bulbos gélidos. Andaba buscando cariño cerca de un leño en fuego, quería encontrarse en un verso con quien llaman Labios Buenos, para tentarle el destino. La magia en rosa nerviosa y un tintero para signos.

- Labios Buenos, Labios Buenos, te anda buscando el Dios del Beso; para montarte a los cielo y al paraíso del séptimo. Labios Buenos te has perdido y no te encuentro, te hago signos, te cuento sueños, te los dibujo y me pinto; Labios Buenos por tu pico ando perdido por el pueblo, velándote por los aleros y por los techos de vecinos.

Tu estatua cuenta el idilio de nuestros limbos idílicos, sin vestido y sin sombrero para que muestres tu pecho, tu plumaje, tu linaje y tus efectos termométricos; tus piernas son dos tornillos que se siembran en el nido de mi mito. Y tu jardín de Milsueños cuenta el presagio que escribo, yo besándote en un verso que describo.

40

– ¡A mí más clásico estilo; y a mis deseos infinitos tenerlos!

Tu suerte de boca en pico me hace pensar que te he visto en algún cuento, los pétalos detrás del pescuezo, te bañan de aceites célicos. Y tus desnudos de lejos frente al espejo y sonriendo, los quiero ver con mis dedos, en un soneto moderno. Labios Buenos, Labios Buenos, si te beso pones huevos en mis versos todo el tiempo.

Te vuelvo Reina y Velero, azul marea y desierto, dunas de tul, olas y viento, bardos, reinos, termómetro y leño en fuegos. Te doy unos mimos gélidos por tus labios firmamento; y raja el cemento en el pueblo y tú en mis dedos. Y tú te vuelves sendero polvoriento para mi bohemio ya viejo; seré tu sol de momentos duraderos.

- Y te cantaré un bolero a cuatro tempos; y lo bailarás viéndolo en un sueño nuevo. Y florecerán tus secretos reviviendo y me amarás hasta que al fin pongas huevos.

En un destino y un pueblo que recibiremos despiertos frente al fuego. Labios Buenos, yo soy tu juego de cuerpos, yo soy los dedos poéticos y el sujeto de tu pecho. Soy los sentidos derechos y los perdidos durmiendo; y los anhelos más bellos de tu médico. Yo soy el Dios de los Besos que te cuento; y te lo juro soy serio pues te quiero.

- ¡Porque sabes que te sueño aquí en mi templo!

41

- Y Labios Buenos Frenéticos se apareció por sus cielos y se colgó de su techo, se convirtió en Simio Místico y se endulzó todo el pico con inciensos de florero. Y se dio en un beso onírico, al enésimo infinito de sus deseos más tiernos. Y como en versos fue lejos, cuando lo escucho piándoselos suculentos.

Dame tus labios en fuego, para besarte en silencio como en sueños. Dame tus labios de ensueño, para darte amor eterno como quiero. Labios Buenos, Labios buenos te deseo todo el tiempo, te quiero dar sentimientos y versos que llenen tinteros. Plumas volando sobre tu cuerpo; y besos buenos y gélidos.

- Labios Buenos, ya no te queda remedio; te anda buscando el Dios del Beso, para darte los más tiernos.

Óleo al mediodía de una vida.

Mi fortuna es cosa tuya, mis alabanzas y diatribas, mis instantes de delicias y mis penas consentidas, mis sátiras y mis tragedias y la inmensidad de mis días; solo a ti y a ti misma, debo el poder describirlas.

La soledad que me inspira y los barullos y risas acompañados de prisas, de pensares y de fotografías; las cosas malas y buenas y las proposiciones distintas, son obras tuyas que me incitan a vivir la vida misma.

- Pues lo que escribo me subyuga a comprender la existencia, otras ideas y otras vistas. Y luego a pintarlas con letras que hagan creer que es la mía; a quienes leen mis líneas, buscando en ellas su dicha…

- El mediodía me envicia por su ideal vuelto rimas, cojo mi pincel a líneas y les pinto una historieta de las que juzgan la niebla y otras de las que la atizan; y es que el mediodía me inspira, a vestir de óleo la tinta.

- Y dibujo en él memorias ornadas con piedras finas, cojo alfileres y cintas y las cuelgo sobre mi cabeza, le hago rondar estrellitas y rayos tenues que vibran, me pongo bombín al cerebro y un pañuelo a la cadera.

Una mitad la vuelvo Duendes con sus corolas encendidas y sus ramos de hojas verdes, que huelen a clorofila. Y entono

43

las melodías más lindas que escuché cantar a bardos altruistas que tocaban con sus liras.

Pero a la mitad más linda, la que sabe a piel de pieles, la convierto en Musa ecléctica que me haga pensar a las Ninfas que en el atardecer se pierden, para llover en torrentes; abierto el rumbo y el pecho inerte...

– Mordiendo al mundo; y adentro fiebre...

- Al mediodía veo la risa vuelta un murmullo que se siente, que me destapa los oídos y abre mis ojos silentes, escuchando las noticias que nunca llegan tranquilas; y hasta a la tele estremecen...

- Y me indigno contra infieles y discrimino a imprudentes, a taciturnos y a plebes. Y a los fieles los persigo para ver si aún me quieren, les doy un beso en la frente; y un abrazo si son héroes.

La nube azul me enloquece y estoy pintándole peces que vienen del mar y vuelven. Ponen sus huevas, me envuelven y luego nadan en fuego, sobre una sartén con aceite; como en la que freía mi abuelo.

- Me voy al cielo mil veces a buscar lo que me encuentre, pero siempre regreso al suelo corriendo tirado por mis pensamientos. Bailo contigo un bolero y me creo en un concierto; y salto del palco y te beso.

44

- Y en un puerto que recuerdo me doy un trago con obreros; contemplando el tiempo muerto…

Me compro un espejo viejo en el anticuario de mis Duendes, le pido a mi Musa un florero cuando podo mis Milsueños. Me tiro al suelo a coger fresco y le agradezco a mí presente, el poder describir lo bello.

Miro mis dedos, escribo un cuento, pinto un paisaje campestre; y de nuevo tengo versos. Que doy a ustedes, mientras me embriago sonriente porque aquí están y los veo; como a los buenos ejemplos.

Oraciones recompensadas.

– ¡Ah, María, Serena Diosa del tronco de rosa niña!

Ninfa poética en prosa, amapola que retoza por mi alcoba, provocadora filosofa que olorosa me sofoca en la distancia. Primorosa mariposa que vuela a mí y se copula; y que me olvida fastuosa ocultada tras las lunas de su magia. Y cuando me desea retorna, toca a mi puerta y se adentra, suena y reza. Y mis manos se abren solas, deseosas de sus formas prodigiosas de hembra hermosa.

Y de todas las clases de féminas, que orgullosa y bien erótica ella honra, oronda como pocas. Como algunas, que invaden llenas de hormonas con sus bellezas diabólicas. María se asoma en Eva cósmica gloriosa, vuela en pompas, me rosa y se concibe en mí viviendo. Se percibe sin sentidos; y cuerpo a cuerpo me forja en hierro un espejo. Pone en la mesa un florero; y le ruega ser quien pienso.

- Y lo riega con Milsueños de senderos polvorientos; de los adentros perfectos, de su profundo esqueleto. A vivo nervio, a senos gruesos; a los dos por un Convento sin cerebros. Y a vientre gélido, para tintero poético; sagrado pacto tenemos.

Se me antoja sin demoras y se retorna glotona, se desvive temblorosa y gime orando sonora. Se va al cielo y deja versos, se va escapada de mi mano al paraíso de mis dedos. Me muestra sus cabellos largos y su pecho grande erizado. Me

46

dice mi corazón santo; mira que a ti me regalo, no te apures, ve despacio y dime cuando. Como un susurro viajero; aventurero y sediento.

- Benditos sean tus encantos adorados. Tiernos, eróticos, cándidos; y enamorados a ratos... – ¡Ah, María, mírame, que soy yo, el que le canta a tus días de comedia y entreactos relajados!

Bendita seas Muñeca. Reina de todas las Venus, graciosa belleza Homérica deshojada en una prosa. Vuelve esta noche a mi alcoba milagrosa, que aquí te espera otra obra, otras letras, velas rosas; y todo lo que la sala orna y que tú tocas cuando oras. Copas de tinto y retóricas locas, ebrio el espíritu tímido, sueños de niños que han venido a leer estrofas tragicómicas.

– ¡Verbos, sustantivos y adjetivos; plumas, brillo!

Truenos, bombas, velas y trombas de viento por mi ventana invadiendo. ¡Oh, Virgen Santa, María, consuelo de mi boca mórbida! Prenda que cuelga al dedillo, cuando el idilio me invocas implorándome a tu estilo. Desnudados por el cielo de tus cantos, si no es amor viviremos entre tanto; pues milagrosos brotan los fuegos por tus vellos, erizándote al tocarlos.

- ¡Y cuando oras gimiendo, te exalto y clamo!

Vuelve a mis labios mulatos, divina flor de pecados. Suelta

47

cabellos gozando, dame tus besos borrachos, luz sobre cielos rozados, voz que susurra presagios. Ven a mi alcoba de bardo, dame un orgasmo encontrados, dame tus besos mojados; dulce de azul, flor de fresa y finos nardos. Te vuelves Musa y yo Diablo; y tomados de la mano llueve a cantaros dorados.

- Y un gel líquido se dilata por tu cuerpo relajándolo, dame la vida que extraño... - Y yo escribo un verso nuevo enamorado:

– Ah, María: ¡La suerte es cosa de osados!

Y la mía echó hace años, a andar en tiernos pecados. ¡Ah, María!: Suculento caramelo para en besos endulzarnos. Tú presencia necesito por un rato, si el milagro realizado te trae abro; llama si quieres probarlo. Ya te tengo el primer verso confesado. Lee este e imagina el que te hice, gime orando y si te   dice   prueba   y   dime   para   dártelo.

Lo preparo con pasión de finos nardos y notas de cantos románticos, susurrados por sus gajos cuando los estaban podando. Lo he bordado con ingenio bajo la lámpara de mi cuarto, la misma que te enciendo al entreacto, cuando te entiendo gimiendo: como si estuvieras orando. Y los maceré con granos y pétalos sedientos de Milsueños de cantero, regocijados con gestos.

- Recogidos por senderos polvorientos en retazos.

– ¡A María, deseando su divino cuerpo, un rato!

48

A mis Orishas...

- Orishas, hoy le canto a las deidades que me cuidan, a mis piedras, mis collares y estatuillas. A la divina razón que me lo inspira, a los dioses del panteón de mis quimeras; y a mis creencias, que nada esperan.

- Orishas, pura sangre y corazón de África negra, Tribus y Ordaz, tradición sagrada y bélica. Cielo y Gloria, Luz y Sombra, tambores, cuentas. Orishas, sabia, cuentos y perdón, pasión y letras.

Años cruentos sin color, a palo y velas. Ceremonias, religión, rastros, leyendas. Mi otra vida se quedó metida en ésta, se mezcló con la ilusión y con la hiedra, se vistió de vencedor y armó tormentas...

– ¡Y hoy versos lega!

- Orishas, bailes, trajes, situación, remedio y puertas, aguas, mares, morbo y voz, gritando muerta. Yo no pido ni perdón, ni a Dios ni a Altezas, yo soy libre como el sol en las praderas; y tengo metas...

Sean manilla de reloj, tiempo y esencia. Den su estrella a quien la quiera aquí en la tierra. Den si tienen corazón, e inteligencia. Guarden entera la esperanza y la decencia; y tengan paciencia...

49

- Que todo llega, a la hora buena.

Hoy descarto a la serena flor de la colora frenética, a sus espinas; y a sus abejas, que liban cera. Al altar puesto a secar por sus esquemas, a la maldita maldad y a la ceguera; y al cabildeo de proezas.

- ¡Y a todo aquel que echa sal y éxitos cela...!

Hoy le canto a las leyendas de cometas, a los Santos del Panteón de este planeta. A las banderas; y pañoletas, que todos llevan. Hoy le canto a viva voz a mis creencias; sin dios siquiera.

Que nada esperan, vivas o muertas; y solo piden amor, que bien me quieran. Orishas, humo, tabacos, sermón y reverencias. Pura raza y corazón de África negra; palos, látigo y sudor.

Hoy le canto a mis collares y a mis estatuas de piedra; a mis Orishas, que bien me cuidan. A mis calderos de hierro y a mi esencia; y a mi paciencia. ¡Pues todo llega; sin magia negra!

– A mis Orishas, que son semilla; que aporta vida.

50

Vuela Divino.

En las entrañas del pueblo por donde a veces me pierdo adrede, existe un mundo perdido que casi nunca sonríe y que gravita dormitando sobre círculos vacíos de intelecto. De vicios, de ritos cósmicos y de indicios malogrados, ya que se muerden ensordecidos por lamentos, antes de mirarse fijo. Un mundo sin luz ni sombras, que no se asombra, porque en la oscuridad los ojos nunca advierten el abismo de los cerebros sin sentido.

- Un mundo como les cuento, metido en él y en sí mismo al unísono, donde el individuo ciego vive solo como el tiempo.

- Sin sol ni luna ni sitios predilectos, sin ver que otros no han comido y sin aceptar el principio de tener un rostro digno.

Pero del lado opuesto del limbo los sentidos vuelan mágicos; y por allá paso mis ratos vagando sin ser buscado. Buscando un cuento bonito para regalarlo a niños, filosofando en delirios como si fuera con libros. Por allá donde les digo los vientos son fríos en invierno y por eso descubrimos tanto, pero el calor del verano opaca al lluvioso otoño de los campos; y la primavera trae ramos de rosas finas que antaño nos robábamos pagando.

Y los cantos susurrados traen milagros; y las sirenas silbando sobre las olas de un lago atraen los barcos. Las velas al sol quemando y la llama al estrellato imaginario. Y el amor vive

51

a sus aires inspirado, como en versos que del alma brotan raudos. Y enamoramos con la lengua cuando el verbo se ha gastado y vienen besos a darnos, mágicos, célicos y mojados como aguaceros de mayo; como rimas de un poema disfrutado.

- Y los duendes y los magos pintan áticos con muchas musas sembrando el camposanto, con los manzanos del pecado cárnico.

Por acá, desde donde les hablo, existe un mundo de humanos que se acepta recordándolo. Que se levanta cansado porque ayer tuvo trabajo y no fue esclavo, que sabe que todo se ha dado y hoy aún se sigue dando. Por acá, por esta urbe añorada sin alergias y sin llantos, vuela divino lo pactado cuando nos estaban gestando; y todo lo bueno y lo malo se mete en el mismo saco y se filtra para depurarlo al máximo. Hasta que el sueño se cumpla con actos realizados.

- Y nada cuesta barato porque vivimos pensando a mejorarnos cada año, pues las utopías cuestan caro hasta a los sabios e ilustrados.

Por acá la hierba verde abraza los parques y los prados, las alas de los aviones tienen plumas como pájaros, los coches son nidos de árboles que nos transportan amándonos; y los capullos en colores dan mariposas en enjambres bajo arcoíris de soles y noches llenas de astros. Y la luna es adorada por los gatos que al tejado montan acalorados, mientras la admiramos desde nuestros cuartos. Por acá vuela divino lo olvidado, aduciendo que el recuerdo siempre es grato.

- Y los bardos y poetas viven cándidos, inspirando en cada canto lo logrado; por acá vuela divino lo ilustrado en este cuadro mundano.

"Tronando sobre mojado..."

- De negro el cielo a pincel suelo pintarlo, si en gris metálico se refleja sobre arcos, la Cruz de Hueso le da a la estampa el retrato; y así titulo estos cantos; viendo el diluvio acechando, tronando sobre mojado. Plegando la espalda en cada acto cual holocausto detrás de embargos, caen los riñones exhumados de Fulanos; y con retazos de papel sanitario, se limpian sus anillos cárnicos morados...

- Donde yacen desamparados los legendarios soldados del universo mundano, relatados coitando sin descanso; los fanáticos, sin nada más que sus años y dos vasos. Y botellas por el suelo y besos arduos. El dolor del ni descanso ni me paro. Ni me opaco, ni lo cambio; sigo aquejando y orando sin descanso. ¡Qué mal comprendemos los cálculos de barrios; y qué desconsuelo sembramos consolándonos!

- Del olvido que hasta al magno ya ha ensuciado, del mal de pueblo enunciado en varios cantos. Metafóricos, dedicados a los ciervos ciudadanos que habitan en el centro urbano del cadalso, donde moribundos habitamos gravitando. Nosotros solos, los heterónomos.

Sangre enferma frente al mar deshollinando, trizas sueltas de mentiras y quebrantos, carne frígida con sabor a cocinado. Y bancos de esperma ya amputado a la sombra de orgasmos lánguidos. Apurados con las manos, por mandato neurológico obligado. Y vacios de ovarios flemáticos, llenos de queso rallado al anochecer de un parto malogrado. Labios mordiendo besos rajados; y divina lengua azotando.

— Relajando y fermentando acariciados, amilanando quebrantos milenarios, atados en el fondo de sacos, comiendo pánico y cometiendo cual ejemplo que alimenta verborrágico; ¡el pan con asco!

- Sentenciados por erráticos al sacrosanto inhumano; y trasnochando...

Huellas limpias en la tierra desovando. Mangos, piñas, hienas, polvo y suelos áridos. El pedestre desierto humano por donde andamos vagando y eyaculando presagios, infectados por el desengaño proletario organizado. El del improvisado y volcánico Materialismo Dialectico Apostólico Canónico Científico y Pictórico, que en panteones para pobres estudiamos; adoctrinándonos ambos bandos...

—¡Al voto único en la voz del silenciado obrero táctico!

Al financiado robando y al pensamiento ensalivado de las dictaduras del uranio uniformizado, uniformándonos. A la violencia fascistoide de los bolas rapadas sin cráneos, arquetipos del nacionalismo anárquico y que también son pueblo errado, por payasos; y que me disculpe el bardo, pero entre todos nos timaron. Y es por eso que los creemos tanto; y que votamos hasta por el Zapo del Condado...

55

Por el capitalismo social democrático enconado en cada brazo y por el comunismo malvado, redentor de pies descalzos. Suertes de hartares desahuciados del calvario, sin más Santos pues el Diablo quemó atajos antes de incendiar sus áticos. Sin más tantos ni más cantos y con menos cuartos alquilados. Sin trabajo y sin valor moral para reclamarlo, pues quien acepte bajar su salario es un inapto.

- Acallados pues hablar cuesta más caro, que pagar para dormir cabizbajos; pues despiertos no gritamos que también somos humanos.

– Y hasta que la cuerda no nos ahorque amándolos, no nos soltamos…

Y morimos aplastados por gobiernos cubrebancos y soldaditos de plástico, ayudándolos. Con hambre a diario; y con los mercados botando hasta el pescado más caro que ayer se extinguió en el Ártico. Y con los pecados satanizándonos, pues somos el lomo para látigo que los corruptos funcionarios, lo empresarios y los mentalistas de talco, designaron como malos. En pueblo entero, por clases separándonos.

Esperando a que el milagro al contemperarlo diga algo. Y a que el dinero por los cielos vuele alto, sabiéndose ya gastado al mencionarlo en todos lados, sin dar a cambio el salario que permita economizar lo necesario. Lo que un día costará enterrarnos, o incinerarnos en el caldo más barato. En una ola de rayos sulfurando fuegos fatuos que al caer dejan el cuadro agonizando; manipulándolo.

56

– Humeando y electrificados; ¡tronando sobre mojado!

- Y ojalá que escapen años al calendario y venga mayos más sabios... Y que escampe en el jardín de los regalos. Para que no siga tronando sobre mojado, solo sobre el bazar del barrio alto del retrato...

Donde hasta a los pararrayos ya modernizaron. Y ahora en los techos hay gatos y cantan alto los fulanos, enamorando sobre el mármol del cadalso. Pues cada cual va olvidando lo rodado, cuando sus sueños realizados, luchándolos, lo cambian de barrio y de banco. Pero al contrario en este barrio aún quedan zánganos, perros satos y borrachos, ladrones y desempleados. Y hasta honestos que trabajan.

-Pero que viven desenfadados, olvidándolo.

Todos con sus rostros pálidos pues el mal de pueblo es malo y no da tantos, a sazón de lo mejor que dé el trabajo. Beneficios y no espasmos por remar sin fatigar hacia el calvario, donde nos espera el diablo del Condado emancipado de los Esperantos desesperanzados; esperanzando. Los enamorados de febrero pues va rápido y nos pasa bocabajo refriéndonos; llorando desconsuelos del amor de cada fiasco.

- Goteando en vano y desbordando el frasco a cantaros...

– ¡Tronando sobre mojado!

57

Tristemente contentos

Contentos, tristes, tristemente contentos, felizmente desechos, molestos pero serenos, poco modestos y egocéntricos pero buenos como versos rítmicos cantados a cielo abierto; así son los batemundos de estos tiempos. Y así se sienten los necios, pesados pero ligeros. Epicúreos, Carpe-diem, atormentados, atolondrados y eclécticos; y discúlpenme si con un solo género hago distinción de sexos, pues de los dos sale uno por el medio.

Flacos, obesos, ojerosos, descontentos, descompuestos, fotogénicos, artísticos, románticos y apuesto a que también bandoleros y serios; pues escuché decir eso de ellos allá adentro en el tintero, un día de esos que les cuento. Ahora no porque ya está seco, pero vuelvo y les comento en otro verso, sin complejos. Bipolares, andariegos, semejantes, diferentes, democráticos, valientes, comerciales, concurrentes y sin miedo.

- Y si no me paro los cuento enteros los dos sexos, les reitero.

Metafóricos, dialecticos, empíricos, oníricos, patrióticos, anárquicos, anímicos, nefastos, volcánicos, eróticos y dignos en éste y en otros siglos, así también los califican los heréticos; esos leños de palos torcidos que se creen sabios y genios del Olimpo, pero que no son más que unos ridículos vestigios. Y al fin y al cabo me explico y comprenden lo que digo.

58

- Quien no combata al destino, quemará sobre el camino su árbol seco.

– ¡Pues yo me paso de insectos; y me excluyo de perfectos!

- Y tristemente contento no hablo de ellos.

Gatos bardos y bohemios encantados.

Cómo el aroma del puerro enano cuando se funden en los labios disfrutando un beso amado, les traigo un cuento mundano que me tentaba hacia años para que lo imaginara contándolo. Y sus protagonistas son bardos bohemios que me encontré enamorando a unas guitarras con brazos, caderas anchas y orgasmos mágicos; cielo de negro y estrellado al dibujarlo...

– Sol eclipsado; y luna de cantos románticos.

Por aquel parque del viejo barrio, donde los Milsueños brotan ávidos, al ser roseados con aliento a besos dulces de mango; embriagados por los santos. Tarareando cual sinsontes, te canto porque te amo; y si me gimes te opaco, porque me encantan tus encantos cultivados. Las noches largas tocando saben a divinos tragos; y a la lujuria de gatos por los tejados maullando.

Y sobre un banco reflejada se ve la sombra de un verso olvidado al dedicarlo, sobre un tintero mojado bajo las ramas de un árbol que languidece despacio. Molinos y aguas de mayo, tiempo al tiempo hasta incrustarnos, paciencia dicen los sabios; y esperanzas los humanos. Canta nostálgico un bardo porque su voz se ha apagado; y desvive cuerpos gritando desangrados...

60

- Te amo porque te amo, como trueno al pararrayo. Y si me bailas te seduzco; y si te dejas te embrujo y entre boleros deliramos...

Y al pellizcarles sus pezones fotogénicos, las bailarinas modelos vierten ceniceros plásticos; y caen cigarrillos quemados oliendo a fríos ya pasados, recordados conversando. Después de fumarse el banco repitiendo nos hablamos tanto que nadie puede acallarnos; que ahora me sirve de azotea de teatro con sus palcos. Por donde sus pies descalzos zapatean apurados, bajo arcos retumbando...

- Se van y vienen; y al regresar ya pecaron y eyacularon disfrutando.

Y el yo te amo reiterado se hace canto; y el coro despierta al juez del vecindario. Donde muchas cenicientas ebrias, hechas cenizas y a ciegas; se inmolan como tórtolas de alcoba, arrullando el dulce ardor del arrebato. Como guitarras con brazos que al tocarlas erizadas suenan alto, cautivando hasta los gatos trasnochados que saltando en los tejados ven milagros; como en los cuentos de antaño.

- Y susurran cual poetas, sin desmayo. Porque queremos maullamos y como bardos encantados no paramos; hasta que cantan los gallos.

– Pero aún no han terminado, falta el acto consumado de estos cantos.

61

Tocan al alba la sinfonía del patio, sueltan alas los gorriones cabizbajos, la comarca despejada aún no reclama, los amores de parranda cuestan tragos; juergas con damas mojadas, magia sin trampas y versos refinados. Las nostalgias se disipan ahuyentadas; y las estrellas se pintan de azul claro, antes de escaparse con astros. Y los gallos esperados, cantan al mañana un yo te amo quiquireándolos.

- Ya los bardos y los gatos se marcharon, tarareando y maullando el mismo canto; nos amamos y gritándolo juramos no olvidarlo.

Hojas secas: - La reencarnación de las golondrinas.

- ¿Qué tiene el hombre en sus huesos que todo lo resume en nervios?; dando sus glúteos maltrechos a todo el que le quite dinero y nunca le dé derechos. ¿Qué tiene el ser que ser bueno le cuesta como un juguete nuevo comprado en el mercado negro?; que nunca acierta por cierto, que pierde hasta el puro gesto. Que quiere ser hasta en sueños majadero; y tiene los sesos gélidos, como la baba del queso.

– ¿Y qué tiene el cero en el centro; qué asemeja a un punto ciego? ¿Quién describe un verso en besos; y quién se amarga gimiendo?

- ¿Qué tiene el sentido opuesto a la mitad del sendero, qué tiene el madero muerto que al cortarlo se hace leño? ¿Qué tiene el cantor de ensueños que nunca duerme sin ellos?; y que al contarlos ya hechos se predestina otros sueños. ¿Qué tiene el rostro que no porta velo, que tiene el cuerpo que cae desecho; qué tienen los marineros que navegan en veleros?; y al horizonte y sin remos, pescan fresco.

– ¿Y qué tiene la aspirina que le pone la cabeza nítida a las niñas?¿Y qué tienen las golondrinas que entre las rocas anidan, que gorjean sin que les digan que su saliva es divina y sus huevos resucitan…?

- ¿Qué tiene el pobre, qué tiene el rico, qué tiene el blanco, qué tiene el negro, por qué los serios son jaraneros? ¿Qué

63

tiene el tonto, qué tiene el listo, por qué los rezos claman malditos; si tienes miedo búscate un perro, si tienes dientes muerde carneros. ¿Qué tienes tú que sabes de esto, qué tiene el que está descontento, qué dicen ellos que no comprendo?; ¿por qué al hacerlo nos escondemos…?

- ¿Por qué la bulla, por qué el silencio; por qué…? ¿Y por qué el bendito destierro nos deja huérfanos? Como hojas secas rendidas, ante una cruz de cerezo; si no me entienden grito de adentros…

– ¡Solo el presagio es eterno!

 Las nubes pasan tras aguaceros, el sol maduro se vuelve fruto, la noche oscura apaga los cerros. La luna muda baila un bolero, la hembra desnuda recoge el premio; y el macho ondula y copula en celos. Las castañuelas repican truenos, la rumba acaba y se baila lento, dando patadas por sobre el suelo. La luz se apaga, se oye un te quiero, las tumbadoras marcan el tempo; y se abre el cielo.

– ¡Pues quien no inspire el respeto a su talento es solo un necio!

- ¿Qué tiene el mar del tintero que aunque negro trae sus brisas; y nos deja melodías en gotas negras de tinta, que aplauden con algarabía?¿Y qué tienen las golondrinas que entre las rocas anidan? Que gorjean sin que les digan que su saliva es divina; y sus huevos resucitan…

64

Para que viva...

- Siento que surcan mis venas ríos de sangre y placenta, alcohol, tabaco, candela; y amor, temblor y materia.

Que me bulle la cabeza entre dilemas, que mis ojos expresivos miran fuera, que mi corazón se enciende como piedra. Que mis costillas altaneras se revelan, que mis pies dan pasos dados sin problemas; y que mi semen se vierte en leche y zumo de esperma. Que mis manos se deslizan sobre teclas; y mis dedos me acarician la existencia y riegan letras sin esquemas…

– Hasta allí donde el crisol tocó madera bajo estrellas.

- Y siento que el agua me llega a las caderas; y al horizonte veo que velas me despliegan de cometas.

Se enciende en rojo en la cuenca cual vendaval de quimeras. Le brotan labios y cejas, cabellos largos, maneras; senos, alas, pico y piernas. Y vuela cual Fénix histérica buscando besos sin penas, hasta aquí donde me encuentra y la desean mis arterias. Bota el negro de su cueva y cuando estalla en la arena, sale azul por la pradera a volar ebria de certezas…

- Gélida y como una esponja llena de cerveza.

Infinita en su belleza pincelesca, cual elegía a la acuarela y al pensar que crea y despierta una estrategia en cada tema. Al

65

destino de la flor del verbo en germen bajo tierra, al espectro de la Venus que se entrega con su concha sempiterna siempre abierta. Y al arquetipo del lema que evacua la alta estima; ¡dale amor al desamor para que viva!

Vete al mañana y regresa a cuando sueñas, vuelve al pasado y calienta en tus malezas. Vive el presente y no creas si no hay pruebas. Toma una copa bajo un puente y candilejas, sana la herida dolida que no seca, canta a la vida que llevas si te pega; y mata al duende simplón de la desdicha. Y cuenta conmigo si quieres, que te traeré rosas lindas y cestas llenas de mieles...

– ¡Y te amaneceré en atardeceres y al poniente!

- Y no reniegues, mete el tiempo en cada cuenta y se paciente; y no te mientas, toma nota en tu libreta. Viva el recuerdo que queda en la pluma del poeta, pues su ausencia abstrae en leyendas y epopeyas.

Se entiende al fondo del mar gritar sirenas, tierra a la vista en un verso al alba y firmas. Se agradece la intención, se da en sonrisas, muchas gracias dice adiós y grita arriba. Se marchita la razón, fango destila; muerde luna, pica ron y huele tinta. Se rayó en la última línea en notas liricas; y a capela la ilusión en melodías, lo escuchó y sacó su espina.

- Pues sin lira y solo a pulmón vive el altruista, susurrando su lección en cada esquina... – ¡Para que viva...!

66

Gotas de alma

- Me encontré una dama imberbe tendida sobre su vientre, incurvada cual serpiente que ondula con su cuerpo en ese.

La piel de seda bordada, las caderas transparentes, las piernas finas cruzadas y cerrado el paso al este. La silueta ensimismada, la razón incoherente, triste y tierna la mirada y la pasión en torrentes. Y el alma gritando alto desde sus entrañas, como duele, amor mío como duele el no tenerte; no me resigno y entre lágrimas desvivo pues no vienes.

Quién pudiera sonreír desenfadada cuando don amor le falta, las palabras que presagien esperanzas, no deberían ser dichas sin pensarlas. Cruda la estampa contada, solo queda a dar las gracias y a convenir los de nadas. Y he entendido que ha rasgado su garganta, como cuerda de guitarra atormentada, que tocaron los bardos olvidándola.

Cómo duele, amor mío cómo duele que me dejes, cómo duele que te sea indiferente, pues perderte duele más que ser y verte y saber que no me quieres. Pues no verte será como esperar siempre una suerte que no viene, amor mío como duele pensar verde y solo ver negro en frente. Cómo duele, cómo duele, cómo duele el alma inerte viva a veces.

- Y me le acerqué a sus cejas para en sus ojos ver señas; y a sus venas les hablé sangrado de ellas, entendiéndola…

67

Qué labios tristes tiene usted doña quimera, vuestra bella presencia amnésica contrasta con vuestra estrella. Qué soledad la que le aqueja aun queriéndola, que felicidad desecha en esa vida que lleva. Al sol expuesta al poniente y a la noche en luna llena. Esperando a que la loba aúlle en su vientre; y a que de su monte adolorido broten herpes.

– ¡Cómo duele, amor mío, cómo duele no tenerte!

- ¡Cómo me duele!

Cómo duele saber que eclipso al verte, cómo duele pensar siempre te deseo, cómo duele que el sabor sepa a tus pecho, cómo duele que no me toquen tus dedos; cómo siente, cómo hierve, cómo huele. Cómo me duele cuando tiro mis cabellos; y envejezco cada me despeino, porque duele ser la esclava de un mal dueño…

Y en el silencio que el verso amarga, le he salvado algunas gotas de su nata, alargando la distancia que no vuelve. Y he gritado junto a ella cómo duele, cómo duele. Cómo duele el sinsabor en las entrañas, si del vientre hay que pujar lo que se siente. Quién pudiera sonreír desenfadado, olvidando que encerrada el ave muere, con las alas ya cortadas y aún celeste.

Latidos.

Me inspira versos la ilusión con la que vivo, que sabe a besos y a buenos vinos. Que esparce aromas de azahar y dulces trinos, de pajaritos. Que pinta nítido, con colorido.

Que late a todo corazón con sentimientos, me da cariño, ritmo y sentido. Me siento vivo; y vuelvo a ser niño. Me abriga en frio y al calor me vuelve leño; y en ella quemo.

- Y al infinito sigue el mito y vive viejo, me echa al camino, a andar sin miedos. No causa celos, no desdeña y no encapricha; me impregna dicha y quimeras cclécticas.

Me bate fuerte el corazón, me da latidos, sonrisas, signos y dulces gritos. De mis entrañas brotan versos que dedico, a su cariño; y a nuestro idilio, lleno de estilos.

- De sueños nuevos y de recuerdos, que nunca olvido; que siempre cuento…

Me ha vuelto loco el corazón con sus destellos; y bate fuerte, me da latidos. Me inspira versos la ilusión que les describo, me atrapa el vício y soy feliz como les digo.

- Me curte el cuero a vencedor y flor de incienso; a mar revuelto, a agua y molino.

69

Me da motivos para que me sienta ebrio, me sabe a vinos; y a pecho tierno. Me agita toda la razón, me da consejos. Me siento vivo; y vuelvo a ser niño...

Me bate fuerte el corazón y ando despierto; me da latidos, cuando la beso. Me bate fuerte, me da latidos; y abierto el sueño a la ilusión termino el verso.

– Me bate fuerte el corazón, me da latidos.

Ósmosis.

Yo tuve un sueño contigo en el que te vi sonriendo, contenta y silbando al viento los dulces sueños que el tiempo te susurraba al oído, pero que nunca habías cumplido en carne y huesos. Yo tuve un sueño contigo y te vi en versos viviéndonos...

- Te vi olvidando sufrimientos viejos y sintiendo amor infinito por mi corazón de acero, que no le teme ni al miedo y que muere por los besos de tus bellos labios ebrios; de amor eterno y sincero. Y ya ves que los recuento, el mismo sueño y el verso.

- Te vi en un sueño quimérico, realizada a tiempo completo y sin recuerdos de otros cuerpos que habías amado en pretérito. Te vi pensando en mis dedos, en mi cariño y mis besos. Yo tuve un sueño contigo, en viva ósmosis nuestros cuerpos gélidos.

- Nos vi besándonos en silencio y tiernamente piel y cuellos, después con mis dedos célicos te embelesé hasta el cerebro. A puro verbo sediento de tus desnudos de lejos, de tus miradas gimiendo frente al espejo del techo; cabellos sueltos e hirviendo.

- Y te vi, bailando endiablada en fuego cuando te esparcí en aguaceros mil pétalos sobre cuerpo, tu suculento cuerpo de modelo que ahora dibujo en un juego bélico. Yo tuve un

71

sueño contigo y he pedido al Dios Idilio, de hacérmelo vivir despierto.

- En ósmosis nuestros nervios; y nuestros labios sedientos, de besos, besos y besos...

¡Lo nuestro ha costado caro!

Ya no nos quedan madrugadas sin lujurias, ya no nos quedan turbulencias en penumbras. Ya no nos quedan medias sucias, fresas mustias, ni horas rudas. Ya no nos queda aquel ardor de días de luna; ni tu desnuda y yo en trusa.

- Todo nos queda en los recuerdos de otra época, como las velas cautivas y las flechas veinteañeras.

Y amor nos queda porque siempre es como nunca, todos nos celan porque somos lo que sueñan. Letras en tinta y la musa con quien vuelan, palabras bellas corazón tú estás en ellas. En todas estás y estarás en las que vengan.

- Danzas con prendas y cantos que nos llegan; ebrias las venas y las sonrisas sin penas...

Y gritamos alto y como pacto aún nos amamos; y en el barrio nos oyeron susurrándonos. Y gemimos dando vueltas y besándonos; y al oírnos dimos gritos aún más altos. Todo nos queda y aún soñamos al milagro realizándonos.

- Para brindar con dos vasos; plásticos...

A la hora buena, a la que venga, a nuestros años; a la vida que nos queda y que añoramos, a tu belleza y a mi fuerza que importamos. Y así nos quedará la ilusión de días mágicos, para cuando lleguen los malos; con sus llantos ácidos.

73

Gritamos alto que este amor no es como tantos, para que sepan que lo nuestro es demasiado. Si alguien alega desde ahora miren alto, pues nuestra esencia en el cansancio no ha agotado; lo nuestro ha costado caro.

- Y amor nos queda porque siempre es como nunca; porque a la luna el sol sigue entre astros. Si alguien lo duda, solo queda a preguntárnoslo.

Mi agua y veneno.

Quiero apostar a una vez más si un día nos vemos, a que podamos entendernos sin más celos. Pido que el tiempo no sea largo; y que al instante del encuentro, tu corazón lata excitado por mis dedos, todo ebrio.

Y que al momento de besarnos, el labio a labio sea mojado y roce nuestro párpados. Y en cuerpo a cuerpo ya pegados, ojos cerrados veamos rayos que se iluminen al tocarnos; y nos sintamos sudando al entreacto…

- ¡Y nos respiremos cansados al dejarnos!

Tú eres mi cuerpo gemelo, mi agua y veneno. Por eso te pido que apostemos a lo nuestro, que veamos luz donde la mayoría ve negro. Que seamos piedra, manantial, tiempo y sendero; y que al camino nos echemos a querernos, como dos clérigos…

Sin más complejos, con menos genios; sin más ni menos. De pueblo en pueblo, bajo aguaceros. Sombrillas, cuellos, somos dos seres gemelos, agua y veneno. ¡Por ti me muero corazón, si no hay remedio!

Por eso insisto en que apostemos a lo nuestro, porque sé bien que iremos lejos conociéndonos. Que la ilusión saldrá volando por tus cielos hasta el séptimo, que no habrá otra más que tú que podrá verlo viviéndolo…

75

– ¡Cantando al tiempo; de verso en verso…!

Tú eres mi sueño y delirio y eres mis fuegos venéreos, yo soy tu corazón en nervios y el niño que vive dentro; los dos un pecho gemelo, agua y veneno. Y por eso yo te pido que apostemos a lo nuestro en carne y huesos.

- Suspiros, saliva y besos; agua y veneno.

Amor nosotros...

Amor, a tus caricias no me puedo resistir, tu olor a hiedra de balcón me inspira en ti, la melodía que antes nunca conseguí; amor, hoy yo deseo a viva voz vivir feliz. Y un canto nuevo en pentagrama describir, nuestras palabras se soltaron al decir, volaron tantas que hasta tus sueños viví; sin ver yo andaba y tu pidiéndome venir...

Amor, almas gemelas entre ellas somos hoy. Dúo, pareja, relación, concepto a dos. Versos que firman la ilusión y el porvenir; labios que guiñan frenesí. Cuarto que encierra en el calor, ardor, gemir; ventana abierta y situación que describí. Cortinas, flechas, candelabro, vela, añil; amor nosotros y un violín...

– ¡Amor nosotros, amor eterno hasta morir!

Amor nosotros que sabemos resistir, a penas cruentas, a querellas y a mentir, amor nosotros que todos verán vivir; en otros ojos que al adiós verán el fin. Espejo y piernas ondulando en un salón, cuerpos, materia, sudor, mudos, reflexión, música ecléctica y ligera sin canción; besos al fuego y al balcón nosotros dos.

La luna llena en serenata puesta al sol, la estrella nueva descubierta que cantó, amor nosotros en un verso a viva voz, amor nosotros que vivimos por los dos.

77

– ¡Amor nosotros y el amor!

Cuarto de fiesta con calor, ardor, gemir, ventana abierta y situación que describí, cortinas, flechas, candelabro, vela, añil; amor nosotros y un violín. Amor, como dos tórtolos que al zurear dicen feliz. Amor, amor tributo, nuestro y exótico; como no hay otros ni en Neptuno, ni en Mercurio, ni en Saturno.

– ¡Amor y punto!

Amor nosotros que al final estamos juntos. Candor Vesubio, torpe adiós, ensueños místicos desnudos. Idilio a pulso y corazón con gusto a dulce embrujo…

- Cupido culto, flor de loto y humo súbito.

Amor como nosotros si no muestran ya no hay muchos, porque juro que si cuentas duran poco; en este mundo de injustos que solo juzgan destrozos. Amor nosotros, verso a dos y firma a uno. Amor nosotros que al final estamos juntos. Amor profundo al calor de leño y lujos.

– ¡Amor y punto…!

- ¡Amor nosotros pues no conozco los otros, por eso soy absoluto!

78

La zalamera.

Recordando los paseos por el prado, me ha mostrado algunas fotos meditando, transparente el velo largo le hacía bucles; y entre verde y claro oscuro vi rosado.

- Vi su sombra y mi reflejo en luz y azules, como soles que al mirarlos ven las nubes.

Me ha enseñado del madero, frutos, gajos, los Milsueños del cantero palpitando. Los gorriones, los insectos, los olores; flor de dicha libas miel fina de campo…

- Te he tocado en un granero merodeando; y has filmado el entreacto en trigo y pasto.

- ¡Te has mirado en el espejo de sus años; y me has besado a cuenta gotas sin pensarlo!

Tu silueta en fino nardo es un regalo; y el milagro vi bajando hasta mis brazos. Y entre verde y claro oscuro vi rosado, hojas secas y mojados disfrutándonos; y me has besado…

- Y Cupido me ha flechado con sus dardos.

- Vi tu cuerpo a viva piel y transpirando; y me he perdido en el ayer y en tus quimeras...

– ¡Zalamera…!

79

- Zalamera, te fascina saber que eres bella y cósmica. Te embelesa verte en Ninfa de fortuna, tu frescura vuelve tinta rimas mudas; y en tu órbita de amor me manipulas.

– Zalamera…

Con maneras primorosas tú me mimas, zumo, azúcar, tiernos labios, rosas nuevas; fotos, gajos, hierbabuena y fresas ebrias, te iluminas y me inspiras toda hembra…

- Zalamera, eres todo corazón y ardor las venas. Me desvives con tus desnudos frenéticos, quito velos y abro impúdico tu pecho; y un te quiero a puro verbo te dedico.

- Y me pierdo en los pensares que recuerdo, por el prado ensimismados y besándonos; y entre verde y claro oscuro veo rosado, pues Cupido me ha flechado con sus dardos…

– ¡Zalamera!

¡Te quiero ahora!

- Te quiero ahora, te escribo un poema en tinta roja y letras negras.

- Te pido a solas; y en la distancia como sombras te me impregnas.

– ¡Te quiero ahora…!

Te esculpo en prosa una canción con notas hondas, te toco en todas; y melodiosas se desbordan mis memorias. Te quiero ahora, como una carta que no espera ni quien ora. Te vuelvo alondra; y veo que vuelas a mis brazos sin demora. Besas mis besos, te sé nerviosa; sientes la dicha y la razón ya no controlas.

- ¡Y eres dichosa a corazón pleno gloria, a todas horas!

– Te quiero ahora…

Quiero pintarte en una crónica profunda, que seas mi brújula, mi patrón, mi hoja de rutas; te quiero en musa, pues tú me embrujas. Te traeré rosas, fuerza y fortuna. Y como espuma sobre olas temblorosa, te darás toda a nuestra historia encantadora; sin más demoras, mi reina hermosa…

– ¡Te quiero ahora…!

81

La Caracola metafórica.

Caracola por la arena tus curvas son como olas que se inmolan a la gloria de la belleza de tus formas. Tus caderas anchas redondas se dan gusto ondeando piernas; y tu cintura se afina para que te veas esbelta e inundada de sonrisas.

Tu rostro de hada de madrina, encantadora e idílica me inspira a resumirte en una prosa. Tu piel la presumo idílica y en miel espuman mis notas; y tus poros te desbordan sudorosa en la quietud de la aurora, como una sirena oronda.

- ¡Vello a vello, a cielo y sombras tu cuerpo!

Y entre brisas que despeinen tus cabellos, sobre rocas que murmuren nuestros besos; y arriar de amor un velero y navegar mar adentro hasta el horizonte de los sueños hechos. Y allí querernos, hasta que la lluvia llegue y de felicidad gocemos.

Y nos perdamos en un cuento marinero, por los lares donde el mar encuentra el cielo. Y que allí juntos nos queramos, por los tiempos de los tiempos. Sonriendo a los tormentos que no vemos; como a esta hora te veo entre mis dedos.

– ¡Inundando mi cerebro con tu cuerpo…!

Y te honro como a pocas di mi verbo. Y te orno con los versos más auténticos. Y te horno con el calor de mi pecho; y si

82

oro pido un día dártelo entero. Y si siento intento así vivir la suerte, de en tus manos poner todo lo que tengo, si lo quieres.

– Cómo ansío en mis destellos…

- Ser tu duende y tu universo a curvas hondas; y la profundidad de tu boca, que mis palabras devoran.

- Ten la pluma que te cuenta en una estrofa; y prueba ahora a que describir como te notas…

Sueña a solas que te honro en una prosa; y que orno tu cintura encantadora de palabras perfumadas con tus formas. Que me horno con la estufa de tu pecho, que me quemo entre tus sombras y enmudezco con tus besos por el cuello.

- Y desnuda te acaricio en cuerpo a cuerpo; y si oras, oigo todo lo que dices ya gimiente entre mis dedos.

Caracola por la arena tus curvas son como olas metafóricas y tu belleza me inunda en la marea. Mis palabras se humedecen y mi memoria te invoca en las lujurias más tiernas; pues navegas por mis versos, inundándome el cerebro, vuelta musa de mis dedos.

Mariposa de granero.

- Me la encontré en la bodega de mi almacén de semillas, volaba sobria y sencilla por sobre sacos de tinta que en poemas componía. Su cuerpo fino vestía de blanca tela y encaje. Llevaba una flor bien grande sobre sus cabellos de ninfa; y muchas cintas divinas de sus alas le salían a la mariposa mística, que ayer me inspiró esta rima. La foto tenía de firma la elegancia de su arte. Rostro tierno y labios grandes, para dar besos que maten. Ojos cielo y piel que arde, como sirena que persigue a lo hondo un yate. Y en las profundidades se abstrae para navegar a sus aires como góndola con velos, dándose baños que abrasen, bajo cascadas de besos marineros.

- Blanca mariposa en vuelo, vuelve a mi granero de nuevo a libar polen de incienso. Tráeme tus dedos, tus vellos y los besos que nos dimos por el suelo. Tráeme tus labios homéricos y las formas de tu cuerpo en blanco y negro, la flor de tus sueños quiméricos y tu desvelo sufriendo, tus pensamientos eclécticos y el candor de tus destellos. Tráeme tu encanto angelical y tus anhelos, ven a libar los Milsueños que te he plantado en mi cantero. Vuelve a mis brazos morenos y llénalos de sentimientos, toma mi amor, bebe un beso y dámelo por el cuello. Y dite que un hombre bueno no te atraerá tormentos, aunque de bohemia esté hecho el cristal de sus espejos...

- Vuelve al granero hecha versos; y florece en mis senderos.

84

Mujer de cera...

De miel y cera que en llamas besa, sin seda muerta que atrae tristezas, ni amor a ciegas que el rostro apena. De las más bellas y las más feas. De las que puedan y las que vengan, de las que vivan y las que mueran; de todas ellas...

– Ninguna es fiera...; de luna llena...

De las que vuelan y las que pegan, de las que lloran y las que gozan. De las más viejas de las mazmorras, de las más niñas y las más bobas, de las plebeyas y las golosas. De las que tienen olor a bomba, de las que sienten, de las que adoran...

De las más flacas y las más gordas, de las que rezan cuando sofocan. De las que gimen bordando pompas, de las más cuerdas de las más sordas. De las que inspiran juergas con trova, de las que gritan me vuelves loca...

– ¡Ninguna posa, con velas rosas y oronda!

De las que vayan y las que vengan, de las que quieran que vuelva a verlas, de las que llamen haciendo señas, de las que digan maldito seas; ninguna frena, cuando me besa. Ninguna calla cuando me apresa; y todas llevan en letras, mi noble esencia.

- Pues yo corrijo al kamasutra sus torpezas, con todas ellas; por mis poemas...

85

- Pero ninguna sabe a dulce frutas frescas, ni en velas queman; sus carnes de hembras...

– ¡Y al adiós quiso que en sol le hiciera luz!

Que la encendiera entre las sombras y un baúl. Que la meciera un ojo al norte el otro azul; verde y violeta. Que al sur del borde la encerrara en mi salón, para inmolarse derretida de pasión; vena por vena. Y desangrarse de ilusión; la noche en entera.

- Ardiente estrella, mujer de cera, tus labios queman como volcanes las selvas... - Y tú me tientas a vivir en tu leyenda, al horizonte donde el aire huela a hierbas...

– ¡Fuego y poemas...!

Pues las que pidan, las que den y las que son. Las que me sigan y persigan si me voy, las que consigan, las que imploren compasión, aunque desborden y me inunden de razón; helado en fuego solo tú me enciendes hoy. Y me ilumino como sol desde un balcón...

- ¡En ti en poemas!

– Mujer de cera..., vela que quema, sudor de esperma...

- ¡Tú me derrites cada letra!

86

Sin hablarnos

Blusa negra, medias largas y tacones clase alta, de encaje el pecho bordado y fino string bajo falda transparente a los costados. A la cadera una cintura en cuero raso le ata a sus hombros dos brazos bien torneados; y pega a estos sus manos, ornadas de sus dedos cárnicos y de sus finas uñas de gato.

En la espalda al sol tatuada reluce mágica una araña, con poca tela en las mangas, las entrepiernas mojadas y cabizbaja la labia. Así anda ella borracha por la avenida mundana de la playa, así la veo a mí abrazada, llena de vida y de gracia. Así me digo que hay tantas buscando amor en mis paginas, para leerse las cartas.

- Pero es ella la que habita en la morada de mi alma; y aunque musas haya en cajas, la realidad nunca engaña.

Pues cuando la madrugada acaba, es con ella que al mañana enciendo lámparas. Es con ella que en las tardes llueven lágrimas, es con ella que al poniente el sol me irradia. Es con ella que en las noches duermo en casa, es con ella que la ronda se me alarga y el sueño se me pasa; y venimos a la playa a ver el alba.

- ¡Solo con ella en esta estampa, abrazadas las miradas!

87

Blusa negra, medias largas y tacones clase alta, vestida de doña dama, la Madonna literaria. Sus labios barcos piratas me abordan cada vez que me reclama; y sus palabras besadas, dicen amor tú me llenas más que el agua. Más que las olas que enjuagan mis bellas piernas descalzas depiladas…

– ¡Tú me quemas cada vena y me desangras de ganas!

Con tus versos el malecón viaja al pasado; y se viste en un otrora de otra Habana, de carnaval por el Prado y de cubanos bailando en la Piragua. Me desangro la garganta cuando grito enamorada; y tus labios beso más que si sonáramos, con las cosas que pensamos tú y yo a diario caminando…

- Con las horas que vivimos por la playa; sin hablarnos.

La vi llorando

– La vi llorando, desencantada y desgastada por los años. Por los perdidos, por los no usados, por los errados. La vi llorando, que amargo teatro. En sus penumbras la vi sombrando, bebiendo el trago no tomado. En el crepúsculo vano de la decepción sin precio; por las mordidas, por el desprecio...

- La vi llorando recuerdos, frente a mis ojos poéticos.

Y su belleza rasgada hacía de su llanto versos, de sus lagrimales riachuelos y de sus ojos el cielo del color que me lo cuento. De sus labios rosa tiernos un jardín como no vieron, con sus espinas y sus canteros. Y de sus labios bohemios adictos a los besos buenos; vi brotar sus cristalinos pétalos.

– La vi llorando, el alma en leño; y el rostro en fuego. Rogando a un muerto, a un ser sin verbo, que aun si lo cuento no recuerdo bien su aspecto. El pecho abierto y la frente ardiendo, la vi llorando al desdeño. Orando al dios universo y pidiendo tiempos célicos, quemando de sus adentros con torbellinos de viento; e inflamaba en su veneno.

– La vi llorando, justo como se los cuento; la vi llorando en silencio, la vi implorando un te quiero. ¡Y le grité con el alma en cuerpo a cuerpo! ¡Te quiero, te quiero sin tus llantos veinteañeros! ¡Y se le iluminó el cielo en el desierto entre mis besos! Y la vi llorando, la vi llorando por ellos.

89

- La vi dudándolo, aspirándome el aliento; y la vi besarme, con sus ojos por el cielo en carne y hueso humedeciéndolo. Gritar te amo y morder mis labios sin soltarme; la vi sudando, entretejida en mis brazos, los dos a un verso calados. Como dos lazos, como a caballo. Los dos callados, Labios con labios, desenfrenados, besos y abrazos.

– ¡Y la vi llorando y sonriendo al disfrutarlos!

Que me llame puta

- Puta, dejen que me diga puta y loca impúdica, dejen que me tire piedras y centellas, que de tierra mi cabeza vea cubierta; y que con sus labios cumpla la sanción que en celo aqueja.

– ¡Puta!

- Que me grite puta si le duele, que me niegue, que me insulten y me critique; que me juzgue y que se obstine de tristeza con rencor. Que me tilde de bruja; y me ensucie sin piedad el corazón.

– Puta…

- Que me llame puta, que yo sé bien la que soy.

Y lo he dejado porque amo a otro hombre hoy, que me ha besado como él nunca me besó. Que me ha tocado y ha llenado de ilusión; y de regalo su universo me entregó, lleno de sueños y ardor.

De flor de incienso, de luz, de calor y sentimientos serios; y más que eso, de todo bueno, de tierno y bello. Me trajo anhelos y deseos de tenerlo si lo pienso, me dio sus nervios, su nata y huesos…

91

Con él me veo cabalgando en polvos célicos, envuelta en velo y gimiendo, el negro frente a mi espejo sonriendo, colmando el juego con sus dedos de maestro; mi Zata Virgen pidiéndoselo.

- Y yo, cabellos sueltos al viento; qué bien pagada me siento sin dinero, gozando ávida en mi reino.

- Puta, pues mi sangre sabe a fresca confitura, pues mi dulce alma de musa regia de morbo disfruta, pues mi cura en otro dios encontró aliento; y el milagro deseado lo hizo nuestro...

Y partí a encontrar el cielo el cuerpo ardiendo, reflejada en el espectro de sus versos, dibujada por sus dedos en un óleo sobre lienzo; y en cera hirviéndome cetro, en mi infinidad de adentros.

– ¡Puta!

- Qué me importa si te escuchan las lechuzas, le replicó sin chistar a su agresor el perdedor de amor de musas. Y a mí me dejó sin dudas, sobrio su rostro sin voz por tanta excusa.

- Y como les cuento, no reclamó redención ni injurió al cura que con su sermón la injurió:

– ¡Puta, me partiste la razón con tu cintura!

- ¡Que me llame puta, si jamás me enamoró; y que se busque una, porque mi amor malgastó!

92

La mataron.

De cuerpo imberbe cegado por una ola de rayos, de curvas rectas y cantos, de esbeltas piernas y encantos adorados. De ojos negros apagados por los desencantos románticos mundanos, por cada hombre que ha amado; de piel que gime soñando y olvidando que ha plegado.

Brilla el cristal en sus labios, afila el rostro al tocarlo y frunce el ceño en mil pedazos. Piensa al azul de su cuarto y ve orando al sudario de sus santos; la sé rogando. Y tinta en sangre se va pura a un mundo anárquico; y en dirección del cadalso la veo orando.

- La mataron, por querer tanto, la mataron...

– ¡La mataron, la mataron por querer tentarlo!

Sobre su cuerpo plateado se quema en prendas el pasado meditándolo, la pena ardiente, el quebranto, lo mal dicho y lo no osado. Su blanca carne al probarla advierte el fino pecado; y por el suelo ya acostados, nos desmoronamos amándonos desnudos y descalzos. - Pero sus besos son ácidos, valga la rima y el tango; flor de vagina nadando, nata blanca sabor mango madurado.

Agota tinta y ya oronda parte a su viaje olvidándonos, la dejo escapar un rato y en versos la sigo amando, me toca y toco la gloria como pluma en camposanto. Y siento su espíritu

93

bogando atolondrado, sobre la corola de mi góndola, rio abajo. Apresado en mil orgasmos…

Y navegamos río arriba y en cuestas altas nos calamos, los ojos cerrados y pegándonos. Y la predije amapola, pues me endrogó vuelta loca con su boca temblorosa de tierna tórtola de campo. Y volvió al suelo ya loca, a sofocarse entre mis brazos, sobre las piedras y gajos. - Pero no pudo acabarlos, pues al sol clamó llorando; y repitió me mataron, por haber querido tanto… – La mataron, la mataron por haber tentado al diablo.

Y yo he pagado la adicción, no la victoria, pues su roto co-razón de dama sobria, se ha encerrado en un panal de abejas sordas; y se ha dejado a cuenta gotas morir sola. La mataron, la mataron con calibre de arma corta; y luego le explotaron bombas, calumniosas y piadosas. - Y hoy su alma por mi limbo vaga a solas; y el recuerdo de su efecto me enamora la memoria y las retoricas.

La mataron, la mataron por sus fuegos fatuos y por fiarse de las hordas prehistóricas que caen a besos tallados. Que cla-van puñal y dardos por la espalda y por el flanco; y ahora su pecho al besarlo, sabe a rayo ensangrentado que se arruina hasta el cadalso. - Y yo cierro un poemario no editado; sin firmarlo.

– ¡Y lloro pues la mataron; y vino a morir a mis brazos!

94

Se siente lejos.

Una extraña sensación sintió por dentro, sin lamentos, sin rencores, ni tormentos, como un verso acariciando un hemisferio, como un bolero que al bailarlo ondula cuerpos. Como un susurro aventurero y siempre ecléctico; como un bohemio que ya viejo busca un pueblo. Se despertó, abrió los ojos, miró al cielo, olvidó el rezo y se empeñó en un no me acuerdo. Botó la cruz, calmó sus nervios de hombre entero, se completó, se dividió y se dio consejos. Y armó sus huesos con pellejo, piel, cerebro; y sus complejos, los resumió hasta que murieron.

– ¡Y su esqueleto lo abrigó con cuerpo nuevo! Y se fue a buscar sus sueños no cumplidos, por el sendero que lleva hasta Puerto Anhelos. Un lejano pueblucho tranquilo rodeado por altos cerros y bordeado por el mar de los recuerdos que tenemos; y por allí anduvo el sujeto, hasta que años conquistó, viviendo en serio. – ¡Calmó el dolor y vivió viejo y con derechos! Y dio el amor tan presentido en el principio de estos versos; y amó sin miedo. ¡Y se dio en peso a corazón desnudo en besos; a su alter ego y firmamento a cielo abierto!

Y lo sintió que es lo que importa al comprender si no hay ejemplos, lo sintió a tiempo completo y hasta en sueños. Y lo vivió que es lo que importa si sentimos; esa dulce sensación que arde aquí adentro de mis versos. Porque ando lejos, porque ahora mismo te recuerdo y me lo siento. – ¡Te siento ausente; y estoy sin sueños!

95

El alma de la ceniza

Una luz surcó en azul la encrucijada, el laberinto de calmas por donde se escapan cabizbajas las ganas perdidas y lánguidas. Por donde se funden grisáceas, venas, arterias y manchas. Gracias grasas y aguas pasadas banas. Sangre y lagrimas, carne desecha y nervios de piel quemada, que bajo una lápida seca desesperanzan. Se anuncia aceite de entrañas al cien por ciento gama alta, a la venta en una plaza donde las llamas no callan, pues los poros inmolados gritan basta.

- Y el Camposanto que estalla, rememora con sus lágrimas la hazaña.

Candela y lava reventaron el cielo de sus bocas que acallaban asustadas por Don Paria, el Diablo de las castas castradas que en el manicomio mandan. Que amaneció esta mañana con el alba ya alocada; y volvió a la madrugada en que incendiaba las comarcas sanas, para destruir sus casas. La redundancia da vueltas entre montones de paja, de gajos secos, de leños y de tablas; y detalla la amalgama en tinta abstracta, en una prosa volcánica inspirada.

- ¡En aquellas voces, que aunque quemaban, no limitaban palabras!

Y seguían gritando basta, pues ni en cenizas desmayaron sus entrañas. Y chispeaban azarosos e iluminaban sus barbas; y sus músculos vaporosos rendían al hombre tributo. Y hasta

96

las damas sin faldas se encendían a la plancha, dándoles besos de luto.

Se sentía amargor y embrujo en aquel horno convulso lleno de espíritus de humo, pues los residuos carcomidos de este mundo, gravitaban hilarantes y tartamudos, gritando el mismo discurso…

- ¡Basta!

– ¡Basta ya, que cuesta mucho irse al calvario desnudo!

—Pues en la candela no hay turnos y todos nos quemamos juntos; y quien piense que no duele, que ose inmolarse por gusto y ya verá que no es nieve. ¡Pues las llamas tienen dientes! Que la nada llora inerte y sin moverse, pues porta almas de seres que aunque estén muertos aun tienen ADN. Las entrañas del silencio no son verdes, pues en gris se ve el presente cuando el futuro no viene pues la vida no lo quiere; que triste amor ve difunto el existente.

- La materia del azul pierde el color si el aire vuelve y sopla gente; y sus cenizas se dispersan para siempre, adiós y ausencia perennes.

- Y no se huelen, ni se entienden, cual ritual de almas calientes.

– ¡Triste e inmortal redención que en fuegos hierve!

97

– ¡Decretando la alegría!

Erase muchas veces en la vida, con fecha de días de ella. Un día de esos cualquiera en que un susurro nos llega para acordarnos las reglas a seguir con quienes juegan. Con quienes no entienden de metas cada vez que son ajenas. Y uno se lanza a sabiendas que el mundo entero lo observa a predicar con justeza, a poner las normas y reglas que el buen susurro nos deja.

- Y así comienza una de ellas: Mi historia es la de cualquiera, pero **sobre todo la de todo** aquél **que a ciegas se respeta;** y **comprend**iéndola, respeta la inteligencia ajena...

– Como miembro ejecutivo del Partido en que milito y como fuerza indispensable de mi ejército. Y en uso de las facultades que me han sido conferidas en instancias que yo mismo le he creado al pasaje de mi vida por este mundo a existencia colectiva. Y acordándome los mismos derechos que a todo hombre concedo; y que como ciudadano libre y digno acepto:

– **Decreto:** Que estoy en pleno ejercicio de mi capacidad mental; y den lo dicho por hecho inclusive si no creen que es cierto. ¡Porque mi locura es espejo en que reflejo mis éxitos! Que no habrá desechos ni estiércol que me ensucien el pensar o que me vuelvan violento. Y si alguien intenta hacerlo un susto se llevará; y se le quemarán los nervios, sintiendo su ojos cegar.

98

– **Decreto:** Que no habrá proceso anoréxico del pensar en el que se me pueda juzgar; si mi verdad no va en ello. Y respetaré al compañero, que no me aporte desconsuelo y frialdad, si yo no quiero.

– **Decreto:** Que yo concedo el derecho a criticarme si es necesario ese término. Si no, decreto que se olviden de los reproches, de los argumentos sin peso y de los misterios malévolos, de la mitomanía y el irrespeto. Y ármense de tesón, porque no voy a cambiar, ni aunque me crucen el fuego.

– **Decreto:** Que mis secretos serán los mismos de siempre, los que conviene guardar inclusive si otros mueren. Y para los que me quieren, ya tengo el firme precepto de continuarlos a amar hasta que la muerte nos llegue. O hasta que con la lluvia truenen tormentas de que dirán, en vasos de agua caliente, fundidos en vidrio mozo y en espejismos conscientes; confundidos en presente, con un futuro sin pan…

-¡Y así sí que me escucharán hablar! Y gritar que estoy consciente; y que no me dejo abusar.

Hago el juramento solemne de no dejarme llevar por la envidia de la gente. Y de no entretenerme en sandeces que me impidan avanzar al Olimpo de mis duendes. Decreto la pesadilla como arma letal que embrutece; y me decreto prudente en mi ingenuidad global.

Y en mis desvelos de mente vuelvo y reitero a decretar, que mi locura es consciente y que disfruto al pensar. Y que respe-

99

taré las demás mentes, hasta que me hagan llorar… Pero luego, prepárense para lo que viene, porque la pondré caliente y me encenderé en hartar.

– **Decreto:** Que sin excesos ni equívocos perdonaré la osadía de quien intente envenenar mi espacio de libertad, mandando esquelas podridas de un bronce que se vea verde; pero que no sean más que cenizas, ironías y malicias. Que en sus poros pagarán la terquedad de no creer que la dignidad es fundamental. Y de pensar que aún se puede con el respeto jugar, descreditando a quienes quieren borrar.

- **Y para mi propia persona he de dejar los pensares que me inundan; y decreto…:**

Que si un día me ven inerte no me vayan a enterrar. No pierdan el tiempo en eso, que nada me van a cambiar hasta que yo no diga que es cierto. Comprueben bien que no me esté haciendo el muerto antes quererme enterrar y llorar sobre mi cetro; y con ello terminar, con mis conciertos de verbo. No pierdan tiempo reitero y lancen mis cenizas al mar, infinito en su bregar y libre como yo me sueño; sin dueños y con felicidad, y erguido en pasos viajeros.

Con la extrema felicidad que no sienten los plebeyos, ni los ciervos del solar donde corrí allá en mis predios. Tírenme entero al mar y no se preocupen por eso, que yo seré feliz de vivir mis sueños sintiéndome entre las olas nadar; y bañándome mientras los veo. Y decreto la felicidad como principio y final supremos de una edad, donde el amor no será utopía,

100

ni desilusión, ni mal. Ni trasfondo de soledad, que haga sufrir a las vidas.

– ¡Y Decreto que aún me quedan días de sonrisas; y que por ellas me recordarán toda la vida!

- Que vivo la vida misma, enamorado de amar a alguien que me ama y me mima. ¡La vida misma es la mía, la antorcha envuelta en caricias que en fuegos quiere quemar para acabar con la envidia! Y mis decretos serán perennes hasta que con mi muerte me sigan.

- Y yo le dé media vuelta y me escape a morir otro día con mis ironías místicas; con mis alergias a la infelicidad mental, a los abusos y a las tiranías. Y otra vez con mí sonrisa y a toda boca partida eche mi botella al mar; y me eche a andar yo detrás con mis versos en la quilla. Susurrándoles felicidad y alegrías a la vida, con mis rimas hechas tinta.

– Decreto: Y voy a terminar… **Que comprendo** a quienes no pueden más, pero yo no voy a cejar de luchar, hasta conseguir lo que espero y convertir en realidad mis decretos y mis sueños y el respeto que me debo.

- En fin, decreto la felicidad para todo aquel que la viva; y sienta la necesidad de liberarse de quien lo oprima.

Las crónicas de la nada desilusionada.

Desprestigiada la nada se sumergió bajo el agua, fue a sembrarse entre las algas, entre corales y escamas. Se hundió sin patas de rana, sin tubo, traje ni máscara. Se consumió como ganas que en las corrientes se estancan, perdió el oxigeno al alba; y se olvidó hasta del mañana que llegaba.

De la tarde y de su sabia despreciada y ya sin magma, como un volcán que no estalla. Desilusionada su alma se convenció que sin espalda nadaría entre cortadas, no calculó ni las brazas, ni las leguas, ni la calma. No pidió ayuda ni plata y se quedó allí postrada sin esperar más migajas, hasta que el musgo y la rabia le vaciaran su metralla en la garganta...

- Para no poder decir palabras vanas aunque muriera amargada por sus locas ansias. Dilatada la mirada, saturada por las tantas amalgamas de las mentes que la odiaban. Y hasta que quedara salada por sus amores de sábanas, con sus alfombras encefálicas quemadas. Ennegrecida la estampa pasó noches asfixiada, se desangró congelada y se cortó venas y canas, se amputó desesperada la lengua, la razón y la gracia, hasta terminar casi ahogada en una playa; y cuando se vio en la distancia, emergió de sus entrañas ya pobladas por migrañas.

- Para gritar a sus anchas que nada cambiaría el acallarla, ya que poco vale quien no reclama con la voz de sus palabras. Y se organizó una campaña y se echó a andar indignada por la arena, dejó sus huellas grabadas en hazañas, cortó las ramas de un árbol; y se calentó al fuego de sus llamas.

- Y se ornó como esperaban con collares y hojalata, hasta erguirse concretada como estatua en una plaza. La metáfora aclarada solo queda a analizarle sus frases más inspiradas. La nada parte del alma cuando el sufrimiento acaba; y vuelve a verse iluminada la esperanza en el mañana.

Misa nueva para antaño...

— ¡Allá quienes nacieron viejos; ¡yo solo tengo mis años…!

- Y allá los que se crean tanto y no aspiren estudiando, ni se den cuenta que es raro si no pensamos al cambio. Y allá quienes no quieran pararlos cuando se les acerquen milagros disecando en malos ratos. Y allá quienes quieran olvidar a los tumultos acolchonados, haciéndole daño al parto del año nuevo del barrio. Si al osarlo huele a muerto, el fuego no será rosado.

– ¡No soñar no es nada raro!

- Y es despreciable por tanto, pasar el tiempo encerrados a torturarnos solo miedo a expresarnos. Vanos son los que nunca osaron y hoy añejan cruentos llantos. Viejos trastos y aparatos botados, rotos a la sombra de un árbol. Como me contó un Fulano que hasta teniendo dos manos se quedó manco y sin pulso. Y allá quien diga no hago, si por él nunca ha hecho mucho.

Si a los recuerdos de antaño les ponemos pantalones estrujados y trizas de camisa de paños, unos zapatos mojados en caños y medias de corte barato, de las que se deshilan rápido y se les gasta el elástico estirándolo; es porque no tenemos ni banco, ni cheques hechos en palo. Pues con el dinero robado contratándonos, nos mandaron al carajo como premio al plagio humano…

104

- Me dijo mirando largo y visualizando los daños, el Fulano de estos cantos.

– ¡Allá quienes nacieron viejos!; ¡yo solo tengo mis años!

- Y en underwear, sin camisa y sin zapatos, se subió a un árbol seco que se caía desgajado entre las bellezas del campo. Vacío tinto entre recuerdos aportándolos, se desvistió ante el gris cadalso; y mordió un grano podrido de desengaño asustado en suelo árido. Y no pudo soportarlo y se vistió bien rápido de mago, decido a cambiar carne por pescado en un acuario.

- Y se miró de nuevo en el espejo, como cientos que han pecado rodando desencantados, observando cabizbajos que van muriendo despacio. E imaginó al pensar en harapos y resistió ante lo opaco iluminándolo; y se dominó y ya privado, se dijo alto soy sabio. Y solo quiero agregar que la esperanza es como un barco que sobre olas espera entre mareas y pantanos.

– ¡Navegando...!

Sin claudicar por cansancio cuando sus velas ve negras y las derivas le apenen la existencia, pues quien avance hasta remando a puerto llega.

- Legando en misas nuevas cada antaño en que ha pecado.

105

Atolondrado y alegre...

- Al pan, pan; y al vino, vino. Y a las jaranas sus hilos que las arañas no tejen, aunque de sus filos cuelguen. Paradoja de las hojas que cuando pierden el verde, la esperanza que las orna se vuelve fría e inerte; y el árbol cae podrido entre sus raíces tenues.

Un obelisco al delirio se ha construido un Robot, y las pilas que botó le electrificaron el piso; y el pobre, se desplomó. Ciento diez corrían en frente y entre los dos que quedamos nos hemos hecho un asado para chuparnos los dientes; como en las cenas de reyes.

- Y cuenta la filosofía, que la mecánica de la vida no haya escuela en que se enseñe, ni se encuentre, ni se invente. Y si lo hace es mentira, no hay matemática en gérmenes que dé clases de medidas. La solución va escondida como productos que duermen en el fondo de las mentes dramáticamente fuertes, que luego nos dictan las cifras y nos las convierten en días llenos de sabia no empírica...

Espera, zozobra y derivas, fatiga, risas y alegrías bendecidas; solo al bregar se destina lo legado en nuestras rutas que dan pasos por la vida. La experiencia consentida nos quita el miedo a las brujas y nos despierta los duendes. Y la felicidad y la dicha llegan juntas algún día si es que la meta es precisa. Atolondrado yo vivo, buscando siempre a perderme entre la gente con genes alegres; y desmesuradamente fieles.

106

Por los senderos de mi limbo

Se me ha escapado la musa por un sendero del cielo, por el mismo donde el cura dice que Dios bajó a vernos el día vez que tuvo tiempo. Me duelen todos los huesos y las venas bullendo me las siento, como si el verdugo del reino me hubiera vertido entero en un balde de agua hirviendo; y voy y vengo y regreso.

- Me harto, me aflijo y me quemo; y aquejo muriendo en el triste invierno, arrugando en un tintero seco.

– ¡Y voy y vengo, sin más rumbos; ni trayectos…!

Al partir me llega un verso y regresando lo pierdo, vuelvo al recuerdo y lo apreso, pero él se escapa de nuevo hacia el infinito enésimo. Pierdo la voz y me adentro en el silencio de un sueño, veo que el tiempo pasó entero y que ni en el recuerdo quedo. Abro los ojos, me despierto; y traigo el verso entre mis dedos.

- Pues soy poeta de cuentos; y por mi limbo hay senderos siempre abiertos, a los recuerdos que tengo.

107

Cuba cubana del alma

Mi Cuba misma, mi Cuba, la de antes, la de ahora, la que siempre ha sido Cuba, mi isla grande verde y sorda. La que fue bella de glorias y hoy sombra con sus derrotas, la que aventuró victorias y hoy es sobra obsoleta y anacrónica; sumergida por las bogas de las olas, de un Caribe que desborda.

– Cuba rimas, Cuba trova, Cuba Salsa, Mambo y Conga; Cuba tierra de Orishas y de Santos de Roma.

Cuba vuestra, vuestra Alteza, de alma rebelde y pletórica. Hecha de alcohol de lisonjas y de traiciones históricas, de bambalinas, de honra, de inocencia dictadora y de guadaña despótica; y de jueguitos de bombas, de colas y de mazmorras mórbidas e infecciosas. Hablo del chisme y las bolas sórdidas.

– ¡Cuba suya Presidente, Cuba suya por los dientes! Cuba que con miedo disimulas lo que sientes...

- Ten presente:

Que atada la lengua al cura, quien ose orar la perderá si tiene; pues de nada vale la bravura frente a las leyes.

Cuba india, Cuba negra, Cuba blanca, árabe, judía y china; Cuba linda que me inspiras. Cuba mestiza y de letra mística y mítica como la Afrodita griega. Cuba culta e intelecta, Cu-

108

ba ciega que no mira su memoria desangrar apuñalada, sin vergüenza. Cuba americana, Cuba latina, Cuba europea y africana; Cuba la Habana…

– ¡Cuba nuestra, tierra amada, eternidad de la gracia!

- Cuba de montes y de playas, Cuba de ron y mulatas; Cuba de versos martiana, Cuba de estos que atacan.

– ¡Cuba del alma…!

- ¿Qué te pasa, Cuba que te atrasa que no avanzas? Cuba tu misma te estancas; y nadie puede hacer nada, si tú misma no dices basta y todo cambias.

- Cuba del alma, Cuba de lágrimas lejanas y exiliadas; haznos luchar Cuba patria, por la unidad necesaria.

– Cuba de garras martianas, Cuba cubana del alma.

109

La Libertaria

- Doña Ella que por siglos se eterniza inadvertida, tierna la mirada rendida, triste y vacía la sonrisa, llena de aire y de vida. Contradictoria y empírica, enamorada y divina. Suerte de rosa perdida en las mareas de mi tinta, desbordada entre cuartillas.

- Doña Bella que mujer y temeraria por los confines divaga. Se alza, se empina y se iza con su bandera hecha trizas, con su falda a las caderas descolgada; atormentada y herida, enlazada y bajo balas. Su rostro en sangre y su cabellera dorada la relanzan.

- Doña Fuerza que en su pecho ardor perfecto, le derrama enarbolada la esperanza. Abrasa y quema sus manchas, olvida a Dios y lo arrastra a su morada, toca campanadas al alba cuando el sol sale a cazarla; y al poniente en luna llena se excomulga aprisionada.

– ¡Y calla ejecutada en su propia trampa!

- Doña Pena que su alma vio matarla, con el nombre de su magia idolatrada, hecha de piel de Mariana.

Manos atadas, cadenas largas, cuernos de sábila y cuerpo de hembra que en sus profundidades dilata; y en la superficie abraza como el lago donde un día eligió morada. Primitiva y libre de miradas que la juzgarán con saña, por sus espaldas mutadas...

Por su pasado de hada de parrandas, por sus ganas siempre ávidas calmadas. Y por su bulbo de plasma de futuro, que guarda puro, en lo profundo de un pozo cárnico encendido cual Vesubio. En su vientre en ambos mundos, varado en presente, con un nudo único.

- En su limbo terciopelo, verde lucido y en humos...

– ¡Doña Estrella que ha caído y yo la busco!

- Doña Buena Libertad que se desvela, que se revela dinástica y sin lemas, extrovertida y ecléctica. Pulcra y ciega la mirada, que sola avanza con la rosa en la garganta, gritando nadie me ama. Suéñate libre y liberada de desgracias; y siéntete amada a tus anchas.

- Y vete con hambre a liberar a quien te aclame, mira a otros lares, toma mi mano y vuelve al arte del combate.

- Doña Clara Claridad iluminada, que iluminada la verdad corre a atraparla, que me aturde la razón y las defensas me las baja; y que me enferma, por no tenerla entre paginas. De qué manera me aqueja la distancia, de mi morada; qué diablos hace, que calla.

– La Libertaria... ¡que se olvidó de mi patria!

111

¿Y quién más quiere a Martí?

Me sulfuran del ombligo lágrimas secas y vidrio, olvido, dramas, quejidos; nombres, apodos y apellidos obsoletos menos dichos. La celda, el tiempo, el deceso; su desaparición y los aparecidos. Y los parecidos diversos más complejos que tenemos.

Los que lo mataron, los que por él murieron, los que vinieron para olerlo, los que nunca más los vieron y los necios que creen aún en su ejemplo al bien leerlo. Los imberbes, los lampiños, los calvos y los indecisos que pelan cráneos por pelos...

Los cornudos con nudos en sus cerebros, los bohemios que empatan años bisiestos. Los perfectos que sin ser se creen genios. Los dos besos por el cuello en un soneto, la mordida y la oración que se hacen cuentos que leímos.

Los que en un juego al principio forjaron al Hombre Nuevo, con sus trampas, sus delitos y sus genes siempre enfermos de mal de pueblo. Los que dicen que es de ellos; y los que solo sabemos, que lo queremos entero.

¡Pues lo asumimos completo y todo nuestro!

El verso en magma, cual tintero que enfrenta Imperios con sus dedos; sin familia para verlo.

112

Las desgracias, el destierro y un bolero que da besos descon-
ciertos por el pueblo. Y ahora a quién más me invento para
dárselo, por si desea creerlo y yo mismo lo despierto
hablándole del sin complejos altaneros…

Por si otros quieren tenerlo, es todo vuestro el Maestro;
cójanselo que el tipo es bueno…

¿Y quién más quiere a Martí?

¡Pregunto en serio!

No se priven de leerlo, si quieren saber si su ejemplo quiere
decir que hasta muerto lo obtenemos. Y disocien sus preceptos de quienes predicen lo eterno; de los amos y cancerberos
que sin perdón nos mintieron.

Porque quien venda al recuerdo, ciego se sentirá preso; y
como objeto vivirá su desconsuelo.

Desterrado en el silencio comprendiéndolo; y aceptando que
aún derecho hizo de izquierdo.

¿Y quién más quiere a Martí…? Respóndanme si me leyeron…

¡Para enviarle su aliento en otros versos!

113

¡Hasta cuándo!

Hasta la vista, hasta cuando, hasta luego si no hay cambios, hasta que en un viento ingrávido mi alma te llegue volando, hasta que parta el satánico tirano que separa a mi ser de su ático. Hasta que el sol caliente el árbol y reviva lo cubano, hasta que el guajiro arando, cultive el campo en los llanos.

Hasta que el destierro no sea más que un vago recuerdo del pasado, cabezas y cráneos rapados, melenas y cabellos largos, sumidos todos bajo el látigo de un graso amo lacayo y descarado. ¡Qué olvidaremos bien rápido! Hasta que el sueño que canto devenga un himno en los barrios…

Y hacia abajo y a los lados, y hacia arriba y con carácter; ondeen banderas en actos y suelten palomas al aire, festejando que ganamos lo que tantos hemos luchado en estos años. Y se vea un pueblo hermanado, mano a mano y sin pánico al soldado; hasta ese día no habrá cambios.

Para que Cuba sea árbol cuyos frutos sean roseados sin engaños, para que el terreno árido en que hoy siembran los cubanos se fertilice trabajándolo. Para que todos volvamos y nos unamos amándonos. Hasta ese día no habrá cambios; no los esperen letrados, e intelectuales dogmaticos.

¡Pues quien separa evita pactos y contrarios, si no pregúntenle a Castro!

Porque la ausencia representa a lo olvidado, porque el humano se aclimata y va mutando. Porque alejados la nostalgia nos resigna a no acordarnos, pues bien pensando el sentimiento hace sufrir y muere helado. Sin ver el ático, sin los muchachos, sin los cuentos; sin el barrio…

El viejo barrio por el que antaño transitábamos varados, o bien borrachos y cantando enamorados y besándonos, o bien cayados conjurando contra el diablo. El viejo barrio, de

115

rumba y palos, de juego y cantos. De conga y santos africanos y otros tantos; negros y blancos disfrutándolos.

Guitarras, pianos, boleros y mambos; decimas, nardos y sonetos rebuscados. Para que Cuba sea árbol que dé frutos y regalos; y para que podamos dárnoslos sin pensar más en robarlos. Hasta que el pueblo cansado no se levante indignado y guite alto: ¡Hasta cuando!

¡No habrá cambios!

¿Hasta cuándo seremos mal gobernados? Faltan huevos, ya es extraño. Hasta cuando, se acabaron los contratos, suelta el látigo.

Dimite ahora lacayo, vete al diablo, expira y piérdete rápido.

¿Hasta cuándo pensarás seguir timándonos? Hasta luego y al adiós cuenta los daños.

Y no olvides de pagar lo que robaste en estos años.

Al Maracuyá

Yo conozco a mi pueblo, mi pueblo bardo y esclavo, no hablo de ese que aguanta la lata, hablo del que grita alto. Yo conozco a mi pueblo, sumido y tiranizado; y conozco al bando opuesto, porque esquivamos el látigo.

Yo conozco a mi pueblo de murallas y llantos.

De ríos de olas mórbidas, de mulatas y tabaco; que arde en oro de otrora, pues ya hace siglos no ha encontrado. Yo conozco el sombrero de guano y paño, ahuecado y clásico. Y conozco si fue
helado el que probamos, que era frio congelado.

Cuales utopías de mango, inmadurando...

Y conozco al obrero porque no soy soldado que apresa hermanos frustrados. Yo prefiero ser torero si es que hay que

117

juzgar los daños, pero el cepo no lo acepto ni regalo. Y prefiero al guajiro arando, que las celdas del cadalso…

Yo conozco a mi pueblo y sé que aún no se ha olvidado, porque no existe un cubano que no haya dicho cantando: Esto se ha puesto tan malo, que ya aceptamos los tarros. Pero con carros parados, quien puede seguir ganando.

¡Ojalá…! Que la lira se convierta en tijera que corte cuerdas, para alejarnos los malos bardos que aún nos quedan en la orquesta. Y ojalá que el poeta no nos pervierta, porque el tiempo pasa y nos vamos resignando a vivir sin verla…

La Cuba nuestra…

La bella, la madre esencia y bandera caribeña; ¡la que los espíritus del cáncamo condenan!

El letargo en las estrellas marca ausencias…

Con la lejanía a cuesta en cada afrenta; hay que vivir gritando quiero ser libre a diario. Y hay que seguir luchando, ya que tarde o temprano, tendremos que ver el milagro buscado; y los periódicos raros, dirán que se largó el villano descarado.

Porque todos fuimos buenos contrarios…

¡Y porque todos juntos lo ganamos!

118

Porque todos somos cubamos; y eso es más que verlo a diario. Orgullos, lujos y santos, no sirven ni para embrujarlo. Cerca el exilio habla alto; lejos, es inhumano. Somos un pueblo desgraciado; y crucificado en pánico.

Que vive errático errando, por los males del cadalso; pensando a aquel el Caribe mágico de antaño. Yo conozco a mi pueblo pues lo embalsamo pensándolo... ¡Que sepa bien que lo extraño y que desde lejos le hablo!

Y sé que volveríamos tantos, si fuera siempre para amarnos, bajo las lluvias de mayo...

Y para construir cantando:

Te quiero pueblo cubano, te quiero cojones, tanto... Te extraño Cuba, te extraño, te extraño pero no con llantos. Volvimos mi isla, volvimos; y nadie pudo pararnos. Porque cubano y cubano, se entienden como los hermanos...

Yo conozco a mi pueblo y sé que me está escuchando porque en cubano les hablo, Dios bendice a los humanos que no se sienten
esclavos de padrastros. Y que ni jugando los más osados, se permitirían de esclavizarlos.

Pues no le creen ni a Plutarco, ni al Maracuyá, ni al Diablo en fuegos fatuos del Condado...

119

Ya que ser cubano vale más que ser galáctico; y ya dijeron más que blancos, negros y achinados.

Yo conozco a mi pueblo y sé que me lee a diario, porque en cubano nos contamos lo pasado, porque en presente forjamos un nuevo ciclo de cambios. Pues no queremos profetas, ni centinelas, ni soldados; ni Maracuyá, ni Palo.

¡Deseamos carne y pecado, para morirnos cantando, te extrañaré hasta enterrado…!

Yo conozco a mi pueblo; y lo quiero liberado.

Bailarinas cubanas...

Las vi taconear las tablas y ondular sus finos cuerpos, las vi caminar derecho desnudas de cuerpo entero, cubierto de plumas el pecho, portando un raro sombrero; y bailaban como ninfas venidas de un mundo bello, que solo existe en los cuentos que me contaba mi abuelo.

Bailes cubanos y sonrisas, bailarinas, caballeros. La clave en Son va en sus piernas, taconeo y taconeo, cintura al cuerpo; mi corazón se va al cielo y hasta las estrellas cuento. Plumas al viento, sonrisas ardiendo a los cuatro tempos, voces, silencio; gritos, aplausos y beso.

Taconeo y taconeo, sus plumas describen versos cuando ondulan sin mareos. Y yo las veo; y baila sentado mi cuerpo desde un palco del Orfeo. Mirándolas me meneo en mis adentros y voy sus caderas moviendo, como soñando perplejo sabiendo que las estoy viendo...

¡Qué bellos cuerpos morenos llenos de curvas y vellos!

121

La sangre roja hierve en mis venas y en las suyas corre el negro; como en la estampa de un sueño de aquel ballet que recuerdo. Y los parcos del Olimpia parecían un mundo entero bajo sus pies aplaudiendo; a esos cubanos tan bellos, que nos bailaban tan bueno y con la alegría de mi pueblo.

La clave en Son va en sus piernas y mi corazón se va al cielo, desnudo de cuerpo entero entre nubes me embeleso en pensamientos que tengo. Con aquellas bailarinas que recuerdo, cubanas de tierra en pecho y de corazón isleño, caribeño y egocéntrico; y las aplaudo mientras se van perdiendo.

Divino exilio – *(Dedicado a Antonio Machado.)*

Cuando se fuerza el destino la libertad se hace signo; y la verdad que escribimos, deviene la de nosotros mismos.

Cuando en exilio vivimos se muere un poco por dentro, se sigue un astro a tobillos, se da a las piernas un premio, se camina y se examina, liberados, pero aún presos; y el recuerdo que tenemos, aqueja, de imperecedero y homogéneo. Cuando al exilio partimos, se acaba lo que era nuestro; y en las páginas de libros sueñan cuentos.

Y la bandera y el himno se escuchan hasta en conciertos, se piensa a todo sin miedo, se dice adiós desde lejos y se maldice hasta al consejo, pues los tormentos sin consuelos son muy serios. Rojo tinto embriaga el verso, negro en canas sin más pelos, viejo y nuevo. Blanco adverso como los Pirineos, muerto luego pero con respeto al sentimiento.

—Lego al poeta estos versos y me inspiro de sus dedos…

—Les dedico sin plagiarlo algo especial, la lección de su ideal y derrotero, la visión de su arquetipo de pensar.

"Todo pasa y todo queda, pero lo nuestro es pasar, pasar haciendo caminos, caminos sobre la mar…"

Cuando en exilio se da prueba de tener la estrella puesta, todo no es más que la escena de una leyenda moderna; y hasta se omiten las letras que no vuelan, sin más nostalgias, pues las penas no gobiernan. Y la nada, el todo y las metas; son las sumas que retamos a sabiendas. Y se ven las primaveras presas y las luciérnagas ebrias; cuando el exilio se acepta.

Y la ilusión veraniega se muerde en otro planeta, la tierra da vuelta y media, otra más y otra completa, el corazón grita regresa, pero la conciencia opuesta no nos deja. Se manifiesta, se preña, se estudian temas y jergas, se aprende de las quimeras que vendía nuestro profeta. Se martiriza, se quema; se pierde el lecho, pero se ganan las apuestas…

¡Pues la libertad verdadera es la mayor de las inteligencias!

123

Y cuando al exiliado se le entrega su añorada patria emérita, llueven los besos con flema, sobre cascadas de maletas. Y regresan los que quedan; y los muertos bajo tierra cantan vuelvan, como un himno a la razón y a la epopeya. Todo pasa y todo queda, pero lo nuestro es pasar, pasar haciendo caminos, caminos sobre la mar.

Y no importa que al adiós lejos nos queden las ofrendas; si las leyendas que cuentan, al exilio también llegan…

¡Asta a la vista divina bandera, libre ondearás en mis letras!

Encantada la mirada

De una mirada lanzada mirando fijo a esta página, salió el espectro de su alma a reflejarse en su cara.

Y en sus ojos gel y magma gimió su niña a sus anchas, embelesada en palabras, con las mías que son tantas; con estas mismas que hoy le cantan a su mágica mirada, a sus labios de rubíes y esmeraldas. A sus finas y largas pestañas dibujadas; y al lujurioso lagrimal de sus ganas ávidas, que en rojo vierte encantada en rosa orgásmica.

Una mirada calmada, que me encanta al recordarla; desangrada en la pasión que da cuando ama...

Salió de un cuadro a colgarse por mi sala, Eva vestida de hada, extasiada regalándome elegancia. Con velo negro, sin falda, floreciendo cual botón que al pecho cala, suspirándome sus fuegos desde el Edén vuelta llama. Alumbrando la avenida de mi cama y floreciendo volcánica; acariciada en su expresión de Venus trágica.

Yo abrazando su mirada tierna y lánguida; recordándola... ¿Qué rostro tiene la gracia, cual me sugiere su cara?

125

Qué dulce la ilusión de amarla, qué maldecida distancia, que tanta dicha su estancia en mis palabras; bien o mal dichas hay tantas que terminará pronunciándolas, como una rima que escapa. Que dibuje su mirada y la admire sin tocarla, buscando en ella el pensar que da cuando ama; su torbellino de pétalos que embriagan...

Y sus uñas cortas clavadas, desangrándome la espalda. ¿Qué forma tiene su estampa de guitarra bien rasgada?

Las quimeras bien contadas son exactas por abstractas, las palabras dicen todo y mi mirada no habla; pensándola.

Corazón quimérico.

Tu dulce forma de cuerpo la he imaginado en un juego, la he visto recorrer mis sueños y contra mi cuerpo gimiendo. La he tocado con mis dedos y la he montado hasta el séptimo. Y la he visto hasta en un huerto cultivando tus deseos, con pétalos de Milsueños ebrios esparcidos por mis versos, colmándonos de besos buenos.

Tu dulce piel de terciopelo y velo se me ha acostado en el suelo imaginándolo un lecho, se me ha ondulado sin frenos por una rampa en silencio. Le ha chiflado melodías al viento sintiendo tu sirena ardiendo; y me ha bailado un bolero, en Sol Mayor y a cuatro tempos. Y tus suaves labios de trueno, los he sentido sedientos por mi pecho.

126

Tus polvorientos adentros se han quedado sin palabras, se han descrito suculentos ellos mismos con mis dedos; y han festejado el deseo de sentir un fuego gélido que le acalore la cama. Para que tus ramas caigan rendidas sobre tu cuenca de agua hirviente, de magma en genes vivientes; bajo el delta de tus ganas ávidas de humana.

Corazón sediento, trama y cuento para versos nuevos, la victoria la has ganado en el intento. Consumiendo lo pescado mar adentro, conllevándome en secreto, a tus delirios quiméricos. Corazón vencido, has caído en las laderas de mis libros, has sentido batir huevos y te has frito las carderas de tu limbo; enaltecida en tu mito.

Me has besado y has amado endiablándome el pecado con tus mambos de fino estilo mundano. Me has bailado y has llorado en un teatro con lágrimas de cocodrilo cándido. Todo un tierno privilegio concedido a mi sujeto por la Reina de los tiempos nuevos. Me has dejado y me has tomado vuelto trago; ensalivado, amargo y perfumado.

Y te he dado con el vaso por tus labios, disfrutándolo.

Te he sentado, te he parado y he acostado; y me has cantado un verso clásico, mirándome de arriba a abajo.

Corazón quimérico, fuente azul llena de patos, bañadera de intercambios apretados, luz de orgasmos mágicos excitados y enjuagándonos. Juegos célicos y bélicos orando, que al cadal-

127

so se nos lleve ya colmados. Guerra en medio de un terreno ya minado con muchos copos de estambre; regocijo al bien mirarte desnudándote.

Te he tenido unos minutos de tus años; y te he vivido un largo rato disfrutándolos. Y me has besado, como un relámpago, que va a apagarse por los prados sobre un árbol. Y me has amado, hasta fundirnos en un sueño rebuscado. Y te he inspirado lo que has dicho con tus labios: Un te amo tanto; condensada, reposándonos.

¡Corazón quimérico, sueño dorado; no los presagio!

La Ninfa fílmica.

A ella le gusta que la vean desnuda y que la desvistan con la vista en la memoria, que la recuerden oronda al filo de una leyenda onírica, viva en tinta; y el alma en coma, entre comillas y oraciones, que entre gemidos la pidan. Ella se exhibe y se admira ella misma hasta que no le queden dudas de que su figura es Helénica y de que ella es una Amazona mítica. Que sus uñas son de bruja y que su finura es artística y pictórica, como aquellas prenda con perlas que portaban para el Vals las mujeres lindas de otras épocas.

A ella la llaman la Ninfa fílmica porque vive una película inspirada en su existencia. Por su magnífico tórax que hace imaginarla en Diva que toca lira y da notas. Y en pomarrosa glotona, por su pecho y senos de Señora. Y por su ombligo infinito adicto a tiernos caprichos. Por sus entrepiernas gustosas y por la estola que la borda majestuosa ya sin ropas; como una Eva de ahora, con la manzana en la boca...

Por su pecho como he dicho; y por sus dos botones polvorientos que pernotan todo el tiempo, hasta que sus faldas cortas se le desabotonen solas. Ondulando suave al viento las deliciosas caderas de sus formas. Hasta que los flujos llegan: Y abierta toda, se moja bajo aguaceros eclécticos en coordenadas del cielo donde las estrellas sobran y el candor nunca lo vemos. Y la halagan caballeros que nunca la ven que llora, que al misterio del dolor lo llaman obra.

129

Porque su amor es efímero, cual ola que se esparce pervertida sobre rocas. Porque es tarde y no ha comido como toca, porque se ve y no ha dormido muchas horas; y porque como tonta mariposa liba a solas. Porque al final y en principio, lo virtual osa ser mito aunque se extinga lo sentido. Porque sus huesos le imploran que no se crea la moza que sirve al sol vino tinto con los sentidos pedidos.

Sus botones son colirios para los ojos dormidos que sueñan con lo no visto. De frente son como círculos que incitan al buen coito... - Son como un piano que a dedos suena gemidos con ritmo; son su Aladino con genios y la lámpara en el piso   dando   brillo.

Son grandes como los cerros por donde se montan desde el Olimpo de sus curvas hasta el Edén de su karma florecido, que ella mantiene gravitando a toda máquina sobre los precipicios, ya con los frenos perdidos. Y a cada hora, las ganas nunca le faltan de atraparse en una cama, de dar su gracia sin tangas, de ver las velas que apagan y de iluminarse lánguida. Y a Venus declama versos que la honran a ella sola, mimándose en cada historia con sus tentadoras retoricas. Y si sus vellos son rosados por las manos del hombre que adora; se eriza y explota oronda, como la bomba atómica en persona.

Ella se extasía en vapores y en sudores se embelesa, cuando le hablan bien cerca y su estufa quema ardores y derrotas misericordiosas. Su olor a esperma de flores se desprende por sus poros; y ávida ella invita al demonio a endiablarla por los

130

moños sobre un potro hecho de cera. Y en trinos de blues penetran sinsabores de otras épocas, miseria, sangre y madera seca que avistan el testimonio. Se muerde la lengua en temblores y colma de amores la escena. Presa para cazadores que suele idolatrarse muerta; y solo para que la vean que no aqueja, la Ninfa fílmica es hembra en sus calores.

Ternura y cantos, primores y reverencias a su Alteza, eso la tienta, no lo olviden caballeros, si la encuentran en la tienda, o en un bar de las afueras. Si tras piropos, su miel gotea; y florecen las praderas y las estepas deshielan. Como en las fotos que deja para que por su alcoba la sepan hilada entre truenos y colores que desvelan sus tristezas. Encendida entre penumbras, cósmicas y orgásmica; y como arteria en juerga, dilatada la vagina con contracciones frenéticas. A pura elegancia femenina, a ella misma que se asume entera con sus cuentas   y   tareas…

Solo pide que la vean ensangrentada y desecha, para sentirse amapola, polen, néctar, sexo y droga que marea fulminante. Lengua mordida y boca que ora porque en salivas se la coman. Se da en silencio, provoca, se aleja y se toca toda, a solas. Y su tierna imagen implora alto como una osa; tener una cola gorda, peluda, larga y copiosa. Se da en silencio y se apropia como tallo de una rosa que sembraron a la sombra. Se da sin más como lo cuento, manos, cuerpo y dientes gélidos. A labios y cabellos sueltos sobre una corola mórbida y gelatinosa,   que   goza   toda,   su   maja   loca.

Hasta sentir por sus formas la sensación que da la gloria des-

131

pués de una victoria histórica. A ella le gusta que la vean desnuda porque así se siente Diosa; y juro que las palabras obran, para admirarla cual reliquia en cromosoma.

Pues la hembra Casanova es una bomba que explota en guerras de hordas liricas y metafóricas. Ella se dispersa en tinta adicta a prosas eróticas, como elogio a la memoria de sus divinas trompas morbosas. Como una antología poética escrita sobre seda cósmica con pincel y brocha gorda; e impúdica como una firma que patina, se va toda en gelatina sudorosa. Y orgásmica como una Ninfa fílmica de las que suelo relatar en prosas; se denuda y si la miran arboriza pura dicha sobre hoja.

Y explota sobre mi corola, cual mariposa hecha bomba sobre rosas.

La tarde aquélla...

Hasta tu alcoba fui por fin la tarde aquella en que llamaste para que por ti viniera. Llegué mojado pues la lluvia caía afuera, de negro y gris se veía todo y había niebla. El frio sin ti me congelaba las ojeras; y mis pupilas dilatadas veían ebrias, tu ninfa muda desnudada y descubierta...

La luz febril ya se agotaba en la tormenta; y a dulces ruegos me pediste que viniera...

Hasta tu alcoba he ido por ti una tarde de esas, en que tan solo escribir versos me concentra, en que al llegar a ti te encuentro y estás llena, de amor por dentro y de cremas de primera, por tus venas; y por tu espalda y por tus piernas, tu piel oliente espera besos donde quiera...

Tus labios crecen cuando yo toco a tu puerta, te vuelves perla, viva y gimiente. Me dices entra y me devoras con tus dientes; y a boca hirviente me vuelves tu chimenea. En leño quemas y mis
labios boca ardiente, te enciden velas. Y en tu diván dejo los versos más fervientes...

¡Qué musa obtenga si a su poeta enternece; bajo sabanas cubierta, alguna tarde que llueva!

Hasta tu alcoba llegué al fin la tarde aquélla, en que el presente huele a embrujos y a quimeras, que aroma inciensos de

133

un jardín de primavera, que aceites riega sobre piedras; que bajo hiedras
extasiadas se embelesan. La tierra tiembla y en el cielo hay una orquesta; que en notas vuela...

Y tú en mis brazos ves al dios de tus caderas, al rayo imberbe que en su luz tu luna llena. Y al fuego tenue arde tu imagen de princesa, que mis pupilas dilatadas locas tiene; ya sin cabezas. Y a dedos pides que te pode tu cantero; y que haga ramos de cabellos con tus pelos, de bella perla...

Que dé a tu Venus la pasión para su cuerpo, magia en excesos, candelabros y mareos. Amor profundo con pasión y sin tormentos, vientos viajeros, lluvia azul y movimientos; hasta tu alcoba de nuevo. En tierno olor que cause celos a los necios, en rojo nervios y verde intenso aventurero...

Hasta tu alcoba vuelo a ti y te dejo versos, que luego escribo cuando tú no me estás viendo; y yo revivo recordándote en silencio. Y un botón crece allí en la punta de tus senos, como Milsueños que he plantado por tu pecho. Que podaré cuando tu Ninfa se
despierte; y tú me beses y al hablar vuele un te quiero.

Y a dedos pidas que tus cabellos te quemen, que dé a tus vellos un presente en que no aquejen. Que hasta tu alcoba llegue el sol días que llueven; y que yo vuelva aunque tu calle se vea tenue. Que aunque mojado yo en mi ardor regrese a verte; a tu diván que huele a estrofas que se mueven...

¡Que a manos llenan la alcoba donde me esperas, dispuesta a amar a corazón; y a darte entera!

La Real Comedia Divina: *La Venus Indiscreta.*

Aceite dulce de labios que por mi pecho gotea, su fina cintura cóncava y sus convexas caderas se hacen eses sobre mis piernas. Y sentada sobre ellas vuela a su mundo de quimeras, se va y viene y gira inversa; se pega y se queda quieta, me besa, me mira y se entrega…

Y un oasis de agua fresca se hace olas bajo la silla, se moja el piso, si enfila quillas. Se exalta un seno, el otro quema en la espera. Y cuando mi boca lo besa, se eriza, tiembla y luego peca; y duro parte cabezas, pues más de una lo acecha, la boca abierta y sedientas de materia fílmica.

Y ella se yergue indiscreta como una Venus que incita a esculpirle su estatua en tinta viva...

Se cree que es Doña Delicias en las tiendas de Gran Vía, que la patrona de las Ninfas Lindas la llaman ya los modistas. Que los diestros de la lírica le firman ritos en rimas; al confirmar que comienza, la Real Comedia Divina. Su espectáculo de Diva de las Melodías Místicas.

Y su aceite dulce de labios sobre mi piel deja huellas; y ella desnuda se acuesta aventurera.

Me acerca el cuello y lo deja frente a mis labios de menta bohemia, se refresca el monte intrépida con mis susurros de estrellas que por sus cielos merodean. Y ondula en tempo frecuencias para sentirse bien bella, como un cometa que deriva por la vía láctea; encendida.

La Real Comedia Divina es una estampa de entregas fotogénicas. Se da, se pide, se lega, se recibe a puertas abiertas y se entra por la cocina, como cuando el amor llega. Y la protagoniza la artista que yo he querido que sea, la Venus indiscreta de la Opera Célica.

136

Por la fuente gélida de sus embriagadas venas, que de sus entrañas brota cálida como su verborrea frenética. Y se ilumina la juerga en nuestra alcoba de fiestas y películas; y en las penumbras las piernas baten caderas con fuerza. Y nuestras almas se iluminan bendecidas.

La escena descrita en tinta tiene de amor de poemas y del idilio que pintan. Tiene de pluma que dicta y de cerebros que piensan
entre cuerdas. Tiene de sueños de Reina que por el Edén se pasea; y que al infinito se eterniza, como un orgasmo de Eva.

Y pierde su corona mítica, a manos por la cabeza y a caderas enfermizas colmadas de pulpa térmica. Tiene de vino y floristas, de
copas rojas y largas, tiene de humo en la sala y de perdidos de vista; pero nunca de miradas, de espejo grande y de guirnaldas encendidas.

Y cuenta en verso las peripecias de un Hada Mímica corrida por la guardarraya buscando agua en las casas, de una hembra llena de medallas como la Diosa del Karma. Su vuelta a atrás a sus anchas con sus maneras mundanas; lo más cara que ella valga, pues nadie supo tocarla con mi gracia.

Como confiesa apenada cuando me habla de otras camas y otras salas, donde se aburría errática.

La Real Comedia Divina cuenta un juego de cabellos enredados por nuestras espaldas sudadas al dulce aceite de labios

137

cárnicos. Y vuelve al Oasis colmada sobre una cama mojada después de tanto tentarlo; y después de una tarde plácida, solo con ella y amándonos; se me durmió entre los brazos...

La escena fue tan cándida como la que deseábamos cuando nos encontramos buscándonos. Cuando nos llamamos por un rato para desempolvar nuestros pies cansados, en un momento volcánico; que trajera amor al acto y frescura a este verano, que nos colmara de cantos y jugos llenos de manos.

La Real Divina Comedia es un cuento dedicado a la Venus Indiscreta, a la hembra flor de fresa que mi camino ha cruzado en esta temporada de fiestas. A la frenética curva de los cóncavos costados y las caderas convexas, a la musa fuente y hiedra que a mi poeta ha gustado; goteando aceite de sus labios mágicos.

138

La amante del Camposanto...

Salsa de labios con néctar de flor de prados mojados, aguaceros como en mayo, hierbas verdes de verano.

Sudor, lágrimas, tabaco. Grito, gemidos, borrachos, aguaceros como en mayo; y un yo te amo besándonos.

¡Vino tinto, velas, barcos; y nuestros cuerpos sudando, copulando en un sudario, los dos ornados de ramos!

Cantan fanfarrias los pájaros y abejas reinas y zánganos bailan las rondas de marzo. Ramos de rosas de prados a los colores más cálidos se esparcen por todo el rancho. La primavera cantando y el candor vuelto verano susurrando, corriendo por el Camposanto…

Por unos besos colmados, por su cuerpo vuelto nardo, con todo el tallo tallado; con las hojas de un poemario.

Para bañarla con pétalos que caigan de un cielo alto, para libarle su néctar, sus deseos, sus encantos. Para plantarle una rosa sobre su monte de Venus; y para que florezcan los Milsueños de Cantero, por sus adentros de ensueños, que van hasta donde quiero.

Aguaceros como en mayo, arcoíris, luces, bardos; la primavera cantando y el candor vuelto verano. Solos los dos disfrutando escondidos en el Camposanto, detrás de un mármol borrachos y amándonos hasta el pecado; que nos perdonen los Santos que excitamos.

¡Que nos inciten silbando si paramos!

Aguaceros como en mayo, como en los baños romanos, sudando juerga, pegándonos y haciendo el amor sobre bancos. Que nos perdonen los Santos por nuestros tantos pecados; y que se envicie el Camposanto, con muertos vivos mirándonos...

Cuando la toco se riega y desordena sus venas. Brotas como luna llena sobre una ola de perlas. Se quema como llama célica y se enciendes como estrella; y en tinta mímica y piernas se da toda en un poema. Y gélida como panal de abejas, orgasmiza sobre la glorieta.

Salsa de labios con néctar de flor de prados mojados, aguaceros como en mayo, hierbas verdes de verano.

Sudor, lágrimas, tabaco. Grito, gemidos, borrachos, aguaceros como en mayo; y un yo te amo besándonos.

Vino tinto, cera, gajos; y nuestros huesos rosándose, viviendo por el Camposanto, tallando un beso embriagados. Un yo te amo incitado, en sol bien alto tocándolo. Las notas de un verso clásico por nuestros dedos rodando; y nuestras venas rimando un poemario.

Cantando viven los bardos, sueños de amor que matamos, que no se acabe el pecado y que sigamos gozándolo, bocarriba y vuelta abajo. Aguaceros como en mayo, su bello cuerpo de nardo me ha
dejado enamorado y muriendo por el Camposanto.

¡Aguaceros como en mayo; y los dos juntos mojados!

141

Acuarela.

Perla rara de desierto, arena, duna y tormenta, amor sincero
a cielo abierto, termómetro, calor y sueños. Verla es pensar a
la escena en que la melodía penetra en laberintos de cuerdas,
y al
esperma que copula las tragedias académicas.

A la vela que encendida se deleita al derretirse, a un cometa a
media luz y a luna llena en las tinieblas de la tierra. Y a mediodías que empiezan y que cuando terminan se renuevan,
como estos versos para ella, como estas letras viviéndola, a
pinceladas de piernas.

Perla rara y cosa bella, gozo sutil y acuarela.

Agua regada en verbenas, candela que quema cepas. Banana,
patos, ciruelas, una manzana y la meta. Luz de metralla y

certezas, cuando ella estalla yo tiemblo, pues da aguas a sabiendas; me dice toma y se apecha con consciencia acalorada.

Cuando no está todo acaba y cuando llega despierta de impaciencia. La fuente se le desborda y a chorros vibra la vida, al borde de su galaxia oronda. Cuando la veo me desvela y cuando la escucho la encuentro en una esquina pérdida; se sabe dulce de besos…

¡Y azul naranja delicias…!

Y sabe que yo la quiero y que por ella doy la vida, se sabe perla que brilla; y vendaval de codicias.

Y el cuadro termina en rimas, los dos al agua que filtra. Los dos metidos en cintas y en notas suaves que pintan. El cielo, nubes, estrellas; y dos tórtolos que vuelan a la gloria de la tinta. Las pinceladas que inspiran un arcoíris de risas; amalgamas y perfidias.

Labio a labio y fuente esférica dictándome la estrofa nueva; labio a labio y en su almíbar de delicias suculentas. La pintura que más cuesta no es la que más colores lleva, a diestra, a siniestra y entre rejas. La de la acuarela es ella; y ella es ésta, que en mis letras se refleja.

Por su modelo sin nombre en mi museo de piernas.

143

Con la antorcha a la cadera; y en sus botellas mi néctar, a base de letras sueltas. Mi dulce de flor de fresas bohemias y aventureras. Mis dedos, dedos y dedos, describiéndola en un verso. Sus besos, besos y besos, con sus labios rojo tierno; y aliento a juego.

¡Aún me queda la esperanza!

Si las últimas palabras que yo escuchara al llamarte, fueran siempre un yo te amo, te colmaría de ramos de rosas rojas y blancas. Amarillas y azuladas, rosadas y hasta naranjas, dulces y vitaminadas. Con hojas verde y ventanas y las espinas cortadas; porque tus heridas bastan, a quien la felicidad te traiga...

Y yo te la doy regalada a manos anchas.

Si las últimas palabras salidas de tu boca santa, fueran amor me enmudeces las entrañas, te dibujaría una estampa en el Edén de tus ganas. Y florecería tu alma como una rosa callada, que me destila descalza los aromas de su falda. Que me encanta madrugadas; y yo le canto hasta el alba...

Si las últimas palabras que al partir me dedicaras, fueran no vuelvas mañana, al lagrimal y a la almohada los despediría con saña. Y partiría de parranda, para olvidar cuando hablas. E imaginaria las tablas y las formulas de tu crucigrama; y resolviera la trama y regresaría a mostrártela.

Y te abrigaría entre sabanas y al besarte te haría aguas; y te despertaría borracha, ensimismada y volcánica. Y te haría el

145

amor las mañanas, las tardes, las noches y las madrugadas; y la semana
pasada, presumirás de tus albas. Y si tus últimas palabras preguntaran si te amo más que a nada.

¡Respondería con el alma; y te quedarías callada!

Y en velo rosa gitana sonreirías disfrutándolas, florecida y realizándote; porque mi mirada basta.

Sin tu última palabra; aún me queda la esperanza.

Con sabores consoladores...

Satisfecha del momento la vi ondular en su lecho, la vi de cerca sonriendo y despeinado el cerebro, la vi de lejos viniendo, sola hasta mi pensamiento; y la oí, si no la oyeron, a cuatro vientos gimiendo. Labios abiertos al cielo, ojos cerrados completos, dedos, uñas y amuletos y por dentro un aguacero; y la vi, si no la vieron, extasiada en sus deseos, desnudarse en el convento de mis sueños...

Y la oí, si no la oyeron, dando gritos cuando vio que le abrí el cielo; y le di, como advirtieron, la mitad, la curva en cera y el consuelo. Y a rosas rojas oliendo, sus blancas natas de aden-

146

tro le salieron. Y escribí, como leyeron, el poema que la entallada en un soneto; dedo a dedo el cuerpo hirviendo...

Sus medias largas dentales puestos, a su cintura estiradas dieron vuelo. El hilo negro del velo, roció sus pétalos ebrios. Y sus vellos veinteañeros, erizados encantaron estos versos; por los pelos...

Y en líneas finas describí su pecho hambriento, cubierto de misterios nuevos que me dejaron crujiendo; y su carne de musa en celos se encendió en mi firmamento; y se iluminó hasta el negro... Y en azul de playas vi ardiendo, el lago nuestro.

Bendito vientre frenético que me consoló el invierno pensando a volver a vernos, desnudos sobre su lecho que describiéndola vieron. Y volvió, si la entendieron, a gemir en mis sonetos.

Y la oí, como reitero, gritar te amo viniendo, con sus sabores consoladores de versos con mareo. Y la vi, si al fin la vieron, ondulándose por estos.

¡Satisfecha del momento!

147

Lo que tiene me marea.

Tiene un lunar en su pecho, grande y abierto a leyendas, tierno y negro como su piel quimérica al decir de quien la vea. Tiene unos ojos luceros, cielo estrellado y luna llena; y porta un collar en su cuello y en sus dedos anillos y otras prendas.

Tiene un cuerpo de Sirena y piernas esbeltas que embelesan, y cuando sus cabellos despeina se desnuda para que la vean. Ella tiene las maneras de una doncella palaciega de otra época, con formas que me marean entre sus curvas y rectas célicas.

Lo que tiene me marea, me vuelve lo loco y me apresa. Lo que tiene me marea me da calor y me quema. Lo que tiene me marea, me pone abajo y arriba, me da a los lados cosquillas y de frente verborrea; lo que tiene me marea detrás de ella.

Tiene virtudes divinas, sueños y derivas ebrias, sus besos dulces de piña me llenan de alcohol las venas, me emborrachan sus delicias y sus caderas suculentas. De lo alto miro el delta de su rio entre dos piernas; y cruje en piedras mi fibra ecléctica.

Pues me fuma a pipa llena y el humo puebla la Tierra, me apaga el sol en mi aldea y se pasea a la luz de una vela; y yo ruego a gritos la esquela muriéndome cuando me acaricia. Se enciende como chimenea y me da magia con su estrella de

148

delicias.

Y ya en el cielo en calderas gélidas se dispersa; ella es ella y eso quiero que lo sepan si la avistan...

Cuando la veo que llega tiembla el séptimo sin esperas, bajo unas lluvias intensas que mojan la sala entera. Pues cuando ondula caderas el Teatro se despierta; y aplaudo a su abeja reina que con mi zángano juega. ¡Y explota en cuatro la mesa!

Lo que tiene me marea, como si fuera un profeta que adivina lo que pienso y luego me dice prueba, ella inunda mi cerebro y le da vida a mis dedos. Ella es el verso poético de un futuro poema nuevo. Ella es ella, caballeros, la nueva Venus de mis cuentos.

Lo que tiene me marea, me pone al sol, me corteja, me da fresas de azotea y en la playa coco y menta; lo que tiene me marea y yo la llamo mi Alteza. Mi Musa fiel, mi Leyenda y los vientos que revuelan mi cabeza; pues su candor ilumina mi pradera.

Lo que tiene me marea y quería que lo supieran, pues le dejé puerta abierta a su leyenda viajera.

149

Violetas verdes...

De lejos bella, de cerca tenue, la ninfa tiene razón de verse, de poder ser la quiere y de no fingir más su suerte. De pensar a su presente y a no a la que es cuando duerme, al espejo de su sienes y a la magia de su especie. A la razón que desdicha cuando la dicha perece, a sus ojos que no duermen cuando en su limbo se pierde. Cuando ella misma se eriza su dulce piel de mujeres; vestida de fino lila, cual corona de laureles.

E inspira al hombre que quiere, con la llama de su vientre. Girando ausente, cual violeta de cantero florecida; y disipada de frente, cual esperanza perenne de sentir que el amor viene.

Divina flor de reliquia, candor del agua que hierve, aromas que desaparecen y se esparcen a escondidas. Cuando tu cuerpo se empina y encantada en una rima; tú apareces de cortina dándome besos con corriente, temblando sobre el suelo imberbe que con tu mirada pisas. Y mi vida reaparece, sin sus espinas que duelen, sin el réquiem de noviembre y sin pasados que afiebren; pues tú me pintas mediodías sobre el césped...

—Con violetas verdes, en mieles.

Tú disfrutas el jardín donde enmudeces, tú me incitas y me excitas las papilas. Tú me inspiras las poesías que te siembren, las que a solas gritan vuelve, vuelve, vuelve. Las que en tinta en la corrida orejas pican, las que escuchan las entrañas de tu esencia adormecida. Rara flor que cual Milsueño identificas, vieja escena de un teatro de contiendas. Tus piernas piezas de cera te llevan ya con mi firma; y te contaré en la leyenda de los labios bocarriba, hasta que me pidas que te quiera de rodillas.

151

Reverdeciéndome en violeta sobre el césped, con tus pétalos que hierven y la corola gimiente; desvestida, despeinada y como quedes. De lejos hecha, de cerca en pieles, talones, medias; colgados, viéndote. Uñas que hincan, ríos de esperma, rocío y nieve. Y tú y yo al poniente sobre un puente, bajando un cielo que derive, cuando en besos nuestras bocas nos destellen. Y cual lluvia de lujurias traiga mayo esta aventura.

Y el florero de mis cuetos llenes ebria de ternura, como un ramo de Milsueños floreciendo entre caricias por tu vientre...

¡Gritando vuelve, vuelve, vuelve; cubierta de violetas verdes!

A un seno, al otro; al oráculo.

Dunas de piel, sol y brisas; y azúcar tibia que eriza su carne que broncea cálida. Vellos despiertos al día, caracolea por la arena en sedimentos vertida; y en letras negra me inspira a vivirla por sus venas rojo tinta, que me ansían pervertidas.

Que a mis dedos desafían, con caricias que hipnotizan mi alma bohemia; que en poemas le dedica finas letras, pues se sabe consentida y dueña de ellas. Que en un oráculo encueva y no se cansa de leerlas; pues el pecho le aceleran.

De flor de pradera y de algas gélidas se envicia, se las frota como crema y se acaricia completa hasta sentirlas. Y se huele como hierve y se siente en carne viva, como aman las mariposas hembras, que en buen sentir se deleitan.

E hipocampos sobre piedras admirando sus lujurias se eternizan, disfrutando las vivencias de una estrella que se eclipsa en la marea. Y ella sabiéndose bella, se observa su obra maestra y se complace con ella ya perdida en ella misma.

Y por su espalda sus cabellos sueltos andan como toros en manada. Y por su pecho dos botones se dilatan, se ensanchan, se agranda y se entallan como corolas de flor de nata. Y al filo en senos se aclama; y me reclama a campanadas ya borracha.

Desabrocha sobre hilos sus guirnaldas excitadas y sobre la azotea marcha cárnica y embelesada. Y en la plaza provinciana se ven bardos, divas y santas. La estatua en cera de un hada y una vela iluminada en la distancia, encendida en llamaradas.

Y desde la ventana de marra donde mis ojos abarcan esta estampa erotizada e incendiaria, veo la sombra ecuestre de su soberana ondulando quijotesca, navegando ebria y orgásmica sobre una barca de plasma eyaculada en la cama…

Y a boca ancha me reclama, toda plácida…

Y empantanada en sus aguas de mañana, gime y me ama…

154

Y con sed se desborda en los albores de su alocada trama volcánica. Y erotizada, desde su alma con palabras me reclama, acalorada. Y en rabia, como una fiera preñada que no aguanta; se masturba sofocada frente a la ventana de marras de la sala.

¡Para que la vean quienes pasan...!

Pues la ninfa se estimula cuando la observan vedada, sin tocarla, pues todo tiene su magia. Yo me resigno a aguantarla pues da gracia al bien mirarla, pues de cada uno de sus poros inunda con un mar en ansias que suda toda la casa; late y lanza.

Y su pecho atormentado me inspira un verso al parparlo:

Y en una oda lo calco, pongo las letras a un lado, me sumerjo y le extraigo concentrado un escenario. La destello y la acompaño con mis labios. Le doy amor y le extraigo hasta el último párrafo amargo, beso a beso y disipado...

De un seno al otro y con mis dedos deseándola entre manos. Sus pezones entre labios y su cuerpo ensimismado y ya temblando. Y su oráculo mojado clitoridiano al cuadrado; lleno de presagios, de flor de miel y fango...

Y yo en ramo de milagros tantricos flechado, oro orondo por su pecho deseoso de sus senos. La inmaculo, la distraigo y le penetro las entrañas del vedado. Su cuerpo arde excitado; y al oráculo yo ruego que el orgasmo le sea plácido.

La Ninfa Reina. *(Elegía al lirismo erótico)*

Por la avenida del nuevo barrio se fue a calmar sus caprichos, se fue, se fue, nunca vino; y hasta el recuerdo divino, le hizo olvidar lo ya dicho. Se fue, se fue, tras los trinos. Al pajar donde el colchón es de hilo fino y las agujas de colmillos de oro duro del **macizo. Al teatro del payaso de otro circo, al se llama corazón al** nervio vivo. Al long-play donde al Bolero en faldas vino, a bailar salsas delirio y se fue en versos conmigo.

Los de besos por el cuello y los que a labio nos dimos, al candor
del desamor del no dolimos; y él nos dimos fue un crucero por el **Nilo. La recuerdo envuelta en besos navegando río abajo, bajo** sombrilla al sol bravo y con un trago ebria en tinto. La bendije y les reitero fue divino, porque si el cuadro fue mítico, aún místicos fueron sus caprichos. Cuando se olvidó del mundo; y a Diluvios y **Vesubios, me excito con sus embrujos cada músculo.**

156

Y vagamos por nuestros universos de astros mudos, hacia el infinito enésimo del Boulevard de los abismos humedecidos y ávidos de sexo. Del ombligo en punto G al clítoris bíblico; y de ahí al del pene sin fin de ciclo. Donde en cada orgasmo intenso respiró el séptimo cielo. Y se fue y se fue y nunca vino si el aguacero no fue intenso. Y se fue y se fue con sus trinos, cuando vinimos al vernos en recuerdos; con el olor del olvido en nuestros cuerpos.

—**Y hoy volvemos a embriagarnos al barrio nuevo del centro, por** caminos paralelos a este cuento; a encantar sus huecos negros.

Y se fue y se fue y siempre ha vuelto, porque aquel beso en su anillo lo merecí por pedírselo. Y cual Reina de las Ninfas me dio hilo, le di alas, me dio espada y fuimos himno. Y me encendí en positivo y ella se le iluminó hasta el limbo; y nos perdimos en vino y pecamos al unísono. Dulces de entrepiernas y esperma en besos bullendo. Por sus venas amarillas y por las mías de toro tierno; gozando el hito divino, temblando el piso y sus senos.

El gajo envuelto entre pétalos con vellos y el rabo del Monstruo gélido del Puerto, entre piernas como poros célicos ardiéndonos.

Y se fue, se fue; y nunca vino…

—**Como conmigo cada vez que coincidimos en caprichos, consin**tiéndonos los mismos…

157

Y cual Reina de las Ninfa se hizo espíritu; y su espectro me colmó hasta en el vacío. Batiendo cual corazón a nervios vivos, saltó en líbido, con las lujurias que hicimos. A cerebro, a puros sesos y a lirismo, con el surrealismo moderno de mis dedos de existencialista idílico, con valor y sexo onírico gratuito. Y se fue, se fue; y siempre ha vuelto. Pues le tejí verde esperanza en cada puerto; y mi amor llenó de luz su pecho herido…

Y se y se fue, con mis besos, al Olimpo donde mi Dios le dio su anillo, a encenderse e iluminarse con orgasmos infinitos.

- A navegar por el Nilo y a desnudarse en Castillos por el piso; y a corregir el Kamasutra describiendo nuestro propio libro.

A fumar la pipa en círculo con Indios, a meditar con mi Buda en un capitulo, a matar a Jesús Cristo con sus gritos, a extasiarse en Afrodita y Venus frígida, a en velo por el desierto ir a por Mahoma a los cerros; y a Changó quitarle el peto y darle quieros. A meterse, a penetrarse, a inspirar vuelo; a besar eyaculando y yo mordiéndoselo. Y a filtrar sumo de ovarios de su fuente de misterios y momentos.

—Y a amarnos a fuego lento, cuando lleguemos corriendo.

—A entre ojos ver la cruz sin espejuelos, a entrepiernas lamer clítoris pimientos; y a coronarse al madero, con leño y cetro.

158

Y se fue, se fue; y nunca vino, como conmigo cada vez que le di tiempo. Y ahora vuelve cada tarde a nuestro encuentro y yo la espero ya erecto, cual Ninfa Reina que viene a copular; a inundar orgasmizando a mi deceso. A saber que si la mimo se abre el cielo, a explorar la voz del séptimo capricho, a vagar por universos **paralelos; y a gemir gritando alto nos queremos, al regreso en** contra tempo al trino rítmico…

¡Sonada en nota y en Mimo, cual elegía erótica al lirismo!

La Venus bañada en rosa

Como una manzana voluptuosa que sabrosa se hace agua en una boca, se desnudó ante mis ojos para que la admirara toda. Se dio vueltas ya sin ropa y se vio oronda, ondeó banderas y arrió velas a una góndola por el Canal de la Ostras. Alzó sus brazos en arco y posó en flecha que atravesó la pradera durante horas gloriosas; y vino encajarse aquí en mi alcoba, en el corazón de Casanova que sobre mi mesa reposa.

A fundirse en los aromas de mí historia, sobre los ramos de prosas eróticas que ornan el edén de mis memorias, donde los Milsueños obran con su aroma primorosa. Vino buscando guirnaldas, aplausos, cantos y bardos. Me trajo su cuerpo de maja, como pintado en un cuadro, ondulando con sus caderas sin bisagras. Sueltas las riendas, la espalda en llamas; las ganas ávidas, disuasiva y agraciada...

Dominante, caprichosa y mórbida; seductora y atractiva cortesana. La vi nadar en las olas y en sirena ir a estrellarse sobre rocas, en pez pega con mi cola de langosta y en luciérnaga dichosa que canta cuando se enamora; la vi y recuerdo las formas tan vistosas que la ornan. Y la vi en cortina de salón y la sentí en batidora, en sudores y en gemidos vuelta loca. Con el moño despeinado y temblorosa, con la piel hirviendo en sangre; y de cruenta droga en amapola...

La vi toda, la Venus bañada en rosa, como en un cuadro de otrora. Toda ella la campeona, la que gana y corre otra porque una medalla nunca sobra a quien se dopa; de ardor como fuente de lujuria inspiradora. Contra el muro autoritaria gritó sorda, no se oyó y volvió a gritar, si me retornas, brindaremos boca a boca sin más copas. Volaré cual mariposa redentora; y libaré todo tu néctar sin demoras, de nardos, cerezas y pomarrosas. Y seré tu musa de prosas.

Con los ojos ya cerrados gimió tierna, con las manos en su busto
y yo empujando, con el cuerpo acalorado abrió las piernas, dilatando su interior a lo más ancho. Como presa que se inunda me dio un baño, en la fuente de sus años realizados. Y en el fuego se inmoló cuando oyó cantos, embriagada con un trago apresurado; y en el suelo relajó mistificando, pues lograr un buen orgasmo es un milagro.

Como Fénix volvió al cielo ya sin alas, se colgó del firmamento y dio palmadas, se fue dos veces al séptimo y dos ve-

161

ces aun lejos. Me dijo suave te quiero, me dio un beso y otro beso y otro beso. Se ensalivó con mis dedos y se deleitó sonriendo; y en su fuente me di un baño de sonetos. Otros dos ya me había dado acariciándola; y aún dos más nos dimos esta madrugada, en la cama, en la cocina y en la sala.

Y se durmió llena de dicha entre mis sabanas, acurrucada entre
mis brazos que la aman, suturando sus quemadas con mi magia.

Como capullo de cantero ensimismada, floreciendo un día entero si no escampa. Como Venus vuelta verso, tallada en una fachada y firmada con letras romanas. Como todo lo que pueda imaginarla, como Dios manda a quien les habla una ensalada. Como ella sabe que ama cuando se entrega a sus anchas, cuando se cuelga de ramas con las cortinas cerradas; cuando renueva la tanda toda la tarde endiablada, bañada en rosas borracha.

Letras griegas: *La Afrodita mística.*

¡Ay, Afrodita, como me encanta tu mística; y como me cargas las rimas cada vez que te veo desvestida, fotogénica y altruista!

Tu cuerpo es como una espiga que de un jardín brota lívida, lleno de rosas y cintas y de ramos de siempreviva. Con dos botones de aurora adornando la avenida de tu pecho de delicias. Con sensuales girasoles y zunzunes que susurran la venida de tu vientre en carne sísmica, pues tú zumbas cuando libas corazón; y entre sudores y fintas te balanceas y desorbitas.

¡Cómo te pones de rica, fina prenda consentida! En hiedra fiera tu silueta se eterniza en el Olimpo; y ante mi vista coita.

Y con las formas divinas que tu creación destella, tu bella imagen de ninfa de las hembras, como espada de reliquias, se clava entre las rimas de mi jerga modernista. Y tú te vuelves omega, alfa, beta, gamma y delta; y en todas se te siente helénica, como una princesa griega. Como una oda a la rítmica, que el español pondrá vieja, dentro de alguna enciclopedia.

¡Ay, Afrodita, si supieras, que en las tardes si no estás mi sueño aqueja! Que en un bulbo de cristal metí un poema, que a las olas y a remar mandé en botella. Una carta, una

163

canción, un beso en letras; un me faltas si no estás y si estás pecas, te vuelves venas y enfermas. Y bailamos al compás de tus caderas descubiertas; un pas de deux, a cuatros ritmos y a la inversa.

¡Ay, Afrodita, tú me tientas a recordar más vivencias…!

Cuando levantas tus brazos y abres tus piernas frenética, tus labios grandes rosados se envician de los míos borrachos. Y te llenas con el frasco del perfume sementado que de mis adentros extraigo. Y tu espíritu de nardo florece a un cielo estrellado, con lluvias que desde tus ovarios te fertilizan de gozo hasta el fin del acto; y tú cierras los ojos relajada...

Y te sientes copulada en un orgasmo involuntario.

¡Ay, Afrodita, tu piel melaza cobriza es como un cáliz de tinta para quien versos escriba! Cuando te pienso me inspiras y al mirarte en cada línea te eternizas. Mística como la creatina das energía a mi día y a mis dedos existencia. Y a mi pasión le das lira, para en melodías bebértela. Y a mi firma otra poesía, llena de letras sencillas; endiosadas por tu feminidad lirica.

Que el español pondrá vieja, porque con letras griegas lo deleita; y tú reinas en omega, en alfa, beta, gamma y delta.

164

Y dame vino y delirios...

De antes, de ahora, de tierra. De carne, de piel, de letras y de divina nostalgia; y en verde azul de mañanas y esperanzas.

Y todos saben que es ella, pero no saben que es ésta, en líneas curvas concretas y galaxias. En rectas largas y apuesta, apostando a un crucigrama. La de la cabellera revuelta y las venas craqueladas, la de la mirada embelesada y la dulzura sin plagias, la que su Diosa no regala. Y es ella con su leyenda de piratas, de musa del más allá donde los versos relatan y los recuerdos presagian las palabras...

De alpaca y plata, retratada en las entrañas de su limbo.

Del muro donde estalló y se hizo ladrillo, del lienzo que la dibujó en oleo y olivos. Del cincel que repujó su cuerpo lindo, del rodillo que pintó sus senos míticos. De la voz que le cantó frente al Olimpo, e hizo rito su pasión de un raro estilo. Mujer delirio y buen vino, fuego que quema pacifico, virtud de un bolo de hilo, cuerda que afloja ventrículos; mar abierto a los sentidos de tu mito.

Ten bondad si la razón juega al capricho. Y realiza realidad sin real destino; y prioriza la verdad sin adjetivos definidos.

De antes, de ahora, de escuelas; y de círculos cognoscitivos e imprevistos. De versos heridos y rendidos al martirio...

Mujer de gracia con ritmo, que te ondulas sobre cartas y vestidos. Que en pantalón las butacas se opacan bajo tu teatro vivo, marcando el hito magnifico de ver tu piernas sentadas, con el poder de tu ombligo. Aplaudida fiera ecléctica que avanzan con el otro al piso contra misterios pariendo hom-

166

bres vencidos. Mujer locura y vestigio, sueños de alcoba vividos; dame la fuerza de un beso adormecidos.

Dame delirio y buen vino...

¡Y verás tus sueños cumpliéndose al dedillo! Y dame vino y delirios; y te pintaré tu foto en un castillo entre angelitos.

Verás los cielos dormidos, caeré en tus suelos lloviendo, tendrás coronas de olivo; y margaritas floreciendo en tu cantero. Tendrás ramos de Milsueños de mis cuentos, te haré de oro molido en mi bolsillo. Seremos ricos y eternos en un libro; y volveremos del sueño en un lucero. Yo con mi sol encendiéndonos y tú con tu luna en un lienzo, recalcando el firmamento; atardeciendo.

Y dame y vino delirios, para llevarte más lejos...

Para volverme martillo, para craquearte los nervios, para fundirme en tu pecho y esparcirte a labios gélidos; para pintarle un anillo en la sombra de tu cuerpo, para morderte los dedos y ver pedazos cayendo. Y verte callada y gimiendo cuando tu espectro arda en fuegos y florezcan los Milsueños sobre tus cabellos. Para rimarte con bello en cada vello sediento; y darte besos deseos.

Y darte vino y delirios y relatar tus estampas...

De antes, de ahora; de tierra. De carne, de piel, de letras y de divina nostalgia; y en verde azul de mañanas y esperanzas.

167

Y dame vino y delirios; y embriágate enamorada.

Elemento erótico.

Su tierno elemento se armoniza de cuerpo entero sediento, ardiente, sofocado y excéntrico; a piel de dedos por sus ángulos redondos y curvados, ebria y en celos como una tórtola en mayo. Me hipnotiza, me desborda, me evapora; y el fuego de sus destellos me inspira a dedicarle unos versos bien poéticos...

A sus atributos célicos modernos, que son como el sello de su estilo tan auténtico. Que me da todo lo que le pido sin tener que repetírselo. Y se enreda como hilo, sobre un dedal, a cocernos. A sus pensares cerebrales y atmosféricos; y a sus desnudos de lejos la lámpara frente al pecho, encendida en su reflejo como trueno.

¡Y me invita a revivirlo, con motivos, cuando quiero!

Y a vivirla en otros tantos sin contar los que le pinto. Los que le robo y le quito, todos llenos de su gel para cabellos y del sudor de sus vellos. De sus aromas de hembra y del deseo que le tengo. Alza una copa a la alcoba, tira cortinas adentro; y yo abro una botella alcohólica que nos atiza el pensamiento.

Qué mareos... ¡Me mareó; se mareó! ¿Qué más veo?

Bardos que ruegan, primaveras y conciertos.

Tela que cae ante el espejo, delante del cual la contemplo. Me hace un guiño pretencioso pues bebemos con apego; y se estira contra mi cuerpo atlético, imaginándose un leño. Y entre mis brazos la quemo; y con mis dedos la espeso. Y en la infinidad del pecado cárnico, me plazco degustándola en el seno de su pecho.

Sus labios son como pétalos suculentos, abiertos al enjambre hambriento que sale de un colmenar frenético; y los míos le dan aliento para que se desvele sin misterios. Le doy amor, sin dar por ello, me da calor, me ama y la entiendo. Me desvivo por su espalda en un trineo; y ella viva se derrama en fuente y méritos.

Una Ninfa peligrosa sobre su alfombra da pasos, la lámpara que se imagina le hace creer al milagro; cuando sus ojos me

169

miran, me hago aguas, me desmayo. Cuando la miro me extasío y doy gracias a la vida, por darle tan buen regalo a mi poesía. Y entre puertas y persianas nada en tinta; posesiva.

Con mi pluma vuela oronda y trae del tintero delicias, late y silba como una Sirena mística que cuando la miran se eriza, cándida como una Dama mítica. Se pasea por su alcoba, va desnuda, nada sobra. Del cuello arranca su estola y sus medias se las quita mientras brinca; y su elemento se erotiza e idealiza.

Desorientada en el cielo la veo volar hacia el Séptimo. Qué mareos, qué mareos; nos perdemos.

Qué gemidos suculentos los que grita desde sus adentros sin complejos. Solo se escucha su acento, sus oraciones y rezos, su vientre ardiente y su esqueleto. Solo con ella yo hiervo, me pide asarla con verbos. Y le pido que se quite su pañuelo; y que se lance a pelo suelto, sobre mi rampa y sin frenos.

Elemento erótico, vida en tempo de bolero, tu carisma sin igual me pone inquieto. Tus bellos labios morenos son un Sol vertido en besos, son como pétalos de Milsueños; susurrados, de cantero. Son como idílicos deseos exhibidos por tu cuerpo; son ese orgasmo que recuerdo en estos versos bohemios.

¡Son todo tú y yo en tus restos...!

¡Elemento erótico, dulce de azul; flor de trébol!

170

En el Pozo de los antojos...

Que deseos tiene el cielo de ver llover una fuente que le refresque el presente. De ver rodar caracolas sobre las arenas de un puente hasta sentir los antojos que se sienten cuando hierve; y de verlas cerrar sus ojos cuando entre sus brazos se tuercen, como semen de ciempiés.

Que antojos tiene el Alboroto de dar un paso oportuno que huela a Ginebra vieja, a candelabro encendido y a escaleras de madera. De mojar en la pintura que eriza con pinceladas que saben a velas nuevas derretidas, sobre guitarras sin cuerdas rasgadas cual melodías.

Y de escuchar silbidos de sirena; y truenos sobre playas desiertas.

Qué impulsos les da a sus demonios que se llenan como bolsos. Qué vapores en las palmas, qué andanas de jirafas y de elefantas sobre potros. Que marchan cual flor de hiedra que monta un muro de esperma; y se desnudan completas, antes de besar las piedras…

171

La tarde de un día cualquiera que se duerme entre dos piernas. Tres cabezas que revientan y un manantial que no cesa; y que no seca en su cuenca cuando sus deseos comienzan. Y dos Lechuzas de vuelta a una noche que recuerdan, como amor   en   días   de   fiestas...

Las bellezas de unos ojos que explotan entre sus órbitas, roseando aromas en sorbos, con sus sonrisas rebeldes y sus dilemas morbosos. Y en sus centros las corrientes estremecen, como pechos de mujeres que evacuan sus antojos, dando a beber cuales pozo efervescente.

La Venus de la laguna encantada.

Los cuadros que la recuerdan nunca ornaron telas blancas ni de óleo dejaron trazas. Su quimérica belleza no fue bordada ni en sábanas, hilada en cintas y mojada, sedienta de pura magia y harta de ser olvidada por la amnésica farándula de aquellos años de marras. Su mirada sobria y lánguida nunca en cuentos fue contada; y el sol que al vientre llevaba se perdió en una tarde larga buscando sonrisas sanas. Y aquellos que la adulaban hoy ya no están para admirar su estampa de fuente mágmica pompeica, a la silueta blanca agraciada.

172

No existen ecos de bocas que nos recuerden la estampa de esta historia en prosa erótica. Ni hay quien pueda, si la invoca, pedir sus labios de rosa encantadora a las virtudes melódicas. Que brotaban como mazos de amapolas deshojadas en ramos de ganas ávidas, cuando su espalda tatuada, vuelta tallo sobre olas, embelesaba al pentagrama y a quien libara su nata. Y el Edén de sus
entrañas extasiaba, se esfumaba para darla, se mareaba si la amaban, idolatrada y romántica. Embadurnada de plasma, cárnica y encadenada en su melaza...

Y su pecho de esmeraldas encandilaba lleno de dichas de alcoba y de botones en popas que navegan a la aurora, no obra en ninguna estrofa que otrora haya dado gloria sus iniciales sin plagia, ni de sus leyendas sin ropa hoy repican las campanadas por sus profecías locas. Yendo y viniendo en sonetos, ondulando los secretos de su cuerpo en movimiento. La Venus de la laguna vivió en una época ruda, nunca en notas fue cantada, ni se recuerda la gracia de su dulzura de hada; ni su cálida mirada, ni sus deseos sin veneno, ni sus ovarios frenéticos perfectos.

Y hoy yo la cuento distante con mis palabras nostálgicas. Cerebral, húmeda y callada como una toma de agua. Escuchando silenciosa la arboleda, atrapada por mis trinos y mi labia, suculenta como carne al sol horneada. Susurrada y erizada como una gota de savia a la fragancia mundana. Y me vienen sus cabellos al instante en que la pienso despeinada; y me atrapan y me envuelven el aliento. Y entre sus senos hambriento, derramo la miel de mi alma enamorada; y la beso

173

por el cuello en el recuerdo. Y la cautivo; y la obtengo en sus reflejos...

Y la pienso; y le invento un cuento nuevo que destelle desde el suelo atardeciendo.

Y el firmamento se abre al cielo y llueve intenso por sus prados, ya roseados al encuentro con mis dedos. Y yo en presente diseco en sus misterios. Y ella grita al sentirme dentro, divagando por el infinito enésimo de sus senderos polvorientos desbordados y podados. Dilatados vaginando mi pene erecto, ensimismado por sus labios, envuelta en velo y con el útero enlazado por mil rayos que iluminan masturbando; susurrando a sus ovarios. Y la beso y le abrazo el cuerpo entero con mis manos. Y le planto de Milsueños un cantero, en el lago de sus juegos delicados.

¡Y la peso; y sin dudarlo la cargo y la someto, aderezándole su bazo rebozado; y la llevo a la laguna de estos cantos, para amarnos y mojarnos desnudados!

Y la inoculo de verbo por sus vellos boquiabiertos, que al tocarlos arden ciegos mimados por mis fieros labios, románticos, letrados, eclécticos. Y sudada me la llevo en el recuerdo del concierto en que cantamos al orgasmo bien buscado, celebrándolo con actos y preñándolo. Y añorándola, porque la quiero, la lego en estos versos rimados inspirados en su encanto. En su vientre en sol de mayo, en sus piernas que abre ancho al arrebato, en su espalda de costado mostrando su

174

pecho cálido y sus tatuajes pintados sobre mármol, como una estatua gozando.

En fino hilo dentado y a la cadera un rosario de cuentas de oro soldado, yo a pies descalzos andando por su laberinto cárnico, inoculándolo de mi perfume humano. Y la veo, por su laguna nadando, sumergida al entreacto y gimiendo de ternura disfrutándolo, pues en notas nuestros pasos trajeron aguas que inundaron. Y hoy la regresé del pasado vuelta la musa de este invierno largo, que para mis versos reclamo. Para que viva como prenda ofreciéndole regalo, hecha letras de leyenda en poemas inspirados por sus cantos...

Hecha piel de bruja hembra en un ensueño que atraigo, cultivándola en retratos plantando al borde del lago; y desnuda en poemarios ilustrados.

Y ya callados y mutando, tomo un gajo de aquel árbol y le extraigo un párrafo cálido dedicado a sus destinos ováricos. Y viene y va y voy y vengo del pasado; y en el presente la ensalzo y le doy palmos. Con su Edén entre las manos la engalano y encendida la desmayo, tomo la flor del milagro y se la planto bien dentro de su cuerpo; y con su efecto me baño. Y al buscarla por mis sábanas leo orgasmo; y junto al árbol como piedra la derramo. Miro a la estampa que acabo; y veo a la Venus nadando y suspirando en sobresaltos.

Y en silencio me introduzco entre sus brazos por un rato, a relajarnos; cómo en hojas de un poemario que al leerlo, se eterniza en el pasado.

175

¡Si me ves dalo, por hecho!

Te veo, te veo, por todas partes te veo sonriendo a quien te mire. El rostro entre bello y triste para simular que ríes, los ojos grandes misterios como salidos de versos, tus cabellos sobre el cuello y una estola en Lotus grises enseñoreada en tu pecho; te veo y sueño con tu cuerpo entre mis dedos.

Te veo en sombras y en espectro, te veo en noches de desvelo, te veo con tu moño helénico y los senos descubiertos; y te deseo entre mis dedos para hacerte monumento. Te veo y me vuelvo impotente porque en verdad no te tengo, te beso y te desnudo en pensamientos y te hago el amor durmiendo…

Y te veo, te veo y te veo; y hasta te dedico versos…

¡Te veo y no me lo creo, y te sigo con el pensamiento!

Y me veo por tu cuerpo de hiedra montando muros mortales; y me veo por los portales con la guitarra en las piernas. Con tus caderas abiertas y tus brazos a la espera; y te veo boca tierna como rosa de caricias, embelesada y esbelta como farola de espalda. Con los pétalos en agua; y a suspiros que despiertan te erotizas.

Y entre sábanas mojadas yo deliro con tu lira; y te veo plácida acostada en la distancia implorando ser tocada. Y te veo, te veo y te veo; y con mis dedos y en versos te doy éstos. Dedicados a la magia de tu gracia y a mi cerebro de genio de los amores destellos. Y si te veo es por eso, pues si te me enciendes, me ilumino…

Y con rayos de mi limbo te conquistaré tu pecho y te veré dormida en mi lecho; ¡y si me ves dalo por hecho!

Resuspiros

177

Abanicándole el vientre le ericé su piel imberbe y la encendí entre cenizas de rodillas y gimiente. Esbelta y con sus zapatillas. Florecida, corolada y reverente, como rosa que se entalla entre pinceles, para al óleo ser pintada por los duendes. Como musa que se atiza en mediodías, al fuego dulce de una pluma rebuscada; que sus quejidos reclama…

¡Para escaparse hasta su cama y estrujársela…!

Su respiración sentía cada vez que hervía entre mieles que en torrente le corrían por su vientre. La luz la captó al poniente embelesada y perdida ante el destello de un lente que la eternizó imprevista. Y a la sombra me mostró sus decibeles a la aurora del nuevo día, entre temblores y tinta, susurrando entusiasmada como Diva a la voz enmudecida.

¡Suspirando melodías de delicias! Por la sala ardiente y mística al claroscuro de velas y sonrisas pervertidas…

Y entre hiedras desvestida colgada al balcón del delta, en la terraza enfermiza y divina como luna llena que a los astros merodea, sobre una silla borracha con la botella entre piernas. Y de lámpara de centro haciendo espejo, reflejada entre quimeras, orando a un genio de marras para que le roseara esencias por su cuerpo de modelo.

Para con sus gritos sofocar la tarde, desmayar al cielo y darle celos, a suspiros y suspiros hasta el séptimo…

178

La entendí exhalar de lejos un yo te amo sincero, pasó el año y vino el nuevo y aún me lo estaba diciendo. Me mojé el otoño entero en aguaceros de besos, en el invierno escribiendo la calenté con mis versos. Llegó en barco al arcoíris y en primavera al sol gélido, se volvió olas el pecho y sollozó en el verano en un velero.

Y de nuevo en lloriqueos la entendí el otro domingo, purificada de nervios y ninfómana a razón de su delirio.

Resumido en resuspiros, unos y otros viniendo, entre gemidos y besos. Resurgiendo de su abismo, de los profundos adentros de su mito, de donde brotan sus gritos rítmicos, cuando se cala a mis dedos de hombre ecléctico. Soplando al viento el destino buscando un futuro lindo; viva y envuelta en un cataclismo cíclico.

Y anonadada al enésimo, de su infinito abierto y perdido, iluminando sus senderos polvorientos.

Acariñándola entre redes la esparcí de vino tinto, la acaricié en amarillo y en azul la amarré a un muelle, arriamos velas el jueves a un horizonte tranquilo; y volvimos el domingo después de un sábado entre peces a la desembocadura de un rio. Más caricias, más pedidos, bogando por el limbo subconscientes.

Repitiendo resuspiro; y nos recuerdo gimientes.

179

La leyenda del Caballero bohemio.

Hace ya un tiempo este cuento me andaba rondando el tintero, me daba vueltas en silencio y me abstraía durmiendo gravitando por senderos polvorientos. Me imaginaba despierto por algún bosque de esos donde se pierden los sesos por sinrazón y sin **remedios ni deseos. Como la cruz hecho trueno, bajo árboles y ya** viejo, escondido por graneros y en puertas de cementerios; y entre las Huestes del Juego y de los delirios que me invento.

En Mariscal del ejército de los ensueños poéticos que lego.

180

Había una vez un ser bueno que deambulaba pretéritos y siempre volvía de ellos con el escudo desecho, haciéndose pasar por ciervo cuando llegaba a algún reino esclavizado por los maleficios. Se confundía con el pueblo y lo agitaba en su centro hasta que le sacara fuego, los defendía sin precio y los guiaba hasta el premio liberando hasta a los presos. Y luego marchaba a otros suelos; y se olvidaba del resto renaciendo.

Solitario comprendiendo: ¿Por qué se apaga hasta el fuego?

Y en luna llena salía el necio con sus colmillos y hambriento. Un divino caballero mordido por un lobo fiero en otros sueños que añejo, arrepentido de serlo y buscando redención en el destierro, separado hasta de ejemplos que confundieran sus huesos con los de malos modelos. Lo mordió un perro ciego y amnésico vestido como un noble pendenciero, porque vagaba haciendo esfuerzos para no quedarse en ellos; ya que partidas y no encierros, buscan siempre los espíritus aventureros.

—Pero recuerdo, que una vez llegó a los predios donde duermo.

Al Condado verde-luz de los misterios, al Edén de los Idilios duraderos, donde ni guerras, ni enfermos ya tenemos. Llegó hasta allí ya desecho, el Caballero Bohemio, el redentor de libertades y derechos para el pueblo. Llegó vestido de negro y amordazado hasta el cuello por los pelos, rara su voz dejó un eco y lo entendieron los médicos que le sacaron de un hueco su cerebro; pues lo encontraron medio muerto en esqueleto.

181

Enfermo de amor y falta del que no le dieron ni siquiera sus ancestros; sin sentimientos, ni recuerdos pasajeros de algún beso.

Vacío y agujereado por las sombras del veneno, con el vaso y los cubiertos que llevaba en su saco lleno desde el día del último almuerzo en otro pueblo. Lo habían mordido con miedo y lo dejaron por muerto al borde de aquel sendero, las Hordas de bandoleros de la rapiña de los perros. No querían ver su ejemplo colmando a otros seres buenos por el bosque de mis cuentos. Y le arrancaron corazón, venas y huevos; y hasta el pecho...

¡Se lo llenaron de pelos...!

Sin saber que aquí en mis predios, curábamos hasta los celos.

Y al partir se fue derecho y enamorado de Rimas, la Musa que le besó la vida y cambió el cuerpo, con sus besos veinteañeros.

Y no pongo fin al cuento pues no quiero, pues en el bosque lo veo mereciéndolos; y renaciendo en mi pueblo de amor lleno.

¡Dame tu tú…!

Como vestigios encontrados en su sitio buscando profundo en la cueva de un nido, toma lo puro, lo sano y lo culto. Lo cierto, lo visto, lo osado y lo oculto; y mira en lo oscuro el futuro del tiempo y date creyendo.

Y siente que llego; ¡y dame tu aliento…!

Tus sueños, tu presencia, tus ritos y ausencias. Tu embrujo, tu espectro, tu sombra y tus besos. Cómo dos polos sin mundo y sin restos. Como tus dedos, tu boca y mis versos; ¡cómo te quiero…!

Dame tu tú, tu tú; ¡tu amor eterno!

Y dame tu tú, tu tú; tu don del cielo…

Toma saliva, papel, pesadillas, suelta mentiras, verdades y rimas. Surca la espina que brota en mis huesos. Bebe mi sangre, mi linfa y mi cera; y date la dicha de ser consentida como reina.

Y esconde tus trizas bajo las bombillas; y vuela en mi pecho gozando encendida.

183

Juegos, deseos, bondad, sufrimientos, celos, consejos, conciertos y aciertos; sé la razón que inunda mi puerto, sé mi cerebro y mi mar de misterios. Y sé la que muere llorándome viejo...

Sé yo no sé, sin trampas ni ejemplos; y sé la canción que canta a tu cuerpo.

Y dame tu tú, tu tú; tu albor y fuegos.

Dame tu tú, tu tú; ¡tu yo!

Dame tu vista, tus ojos, tus flemas, dame tu voz cuando gritas me flechas, dame tu flor con sus pétalos celdas, dame calor, bendición y tristezas; y dame la fuerza, la acción y la espera.

Y dame tu cuenca colmada de estrellas; y date sin pena y sé la que cuentan...

¡Y dámela, cada vez quieras sin reservas!

Y dame tu tú, tu tú; ¡tu hembra...!

Y dame tu tú, tu tú; tu cabellera discreta.

Como el aroma que destila su esencia, como el jabón que se hace pompas de perlas, como tus piernas que te yerguen esbelta; dame tu fuente y tendrás aguas nuevas, candela, velas y esperma.

184

Dame tu sol, tu luna y tus nubes; y dite ahora mismo que tienes un hombre.

Y dame tu miel, tu nata y tu dulce; y dame tu tú, tu tú;tu nombre!

Y dame tu tú, tu tú; tu molde.

La siempre viva.

Allí vivimos nosotros años y años tras muros, fue nuestro nido de mundo, de soledad y destrozos. Fue nuestro todo

profundo,   el   de
amor lujuria y gozos. Allí vivimos nosotros y hoy somos polvo morboso y espectros de viejos humos; difusos pero siempre juntos.

Y allí nos dimos cariño y jugamos como niños atrevidos, allí mismo nuestros hijos se hicieron maja y buen mozo, nos enfrentamos celosos y nos dolimos perdidos. Nos dimos besos melosos y hasta explotamos el piso y los ladrillos porosos de los muros del castillo.

¡Y así mismo nos quisimos sin mentirnos!

—Sí que me acuerdo marido…

Y hasta de mi vestido rojo con su corsé para triunfos, que me ponía sin disimulo pues mostraba el pecho único que siempre
exhibí con lujo. Ahora lo recuerdo y estrujo, pues me lo puse hasta sucio solo para rendirte tributo cuando me lo pedias mucho.
Allí vivimos nosotros con orgullo, allí nos dimos antojos y desvivimos desnudos, allí los brujos golosos nos tentaron con   ardides
de los que osan los tramposos; y allí les dije ni modo, pues nunca amé a ningún otro. Y hasta el fin allí contigo reiné en todo…

Y mira ahora qué somos; tú y yo, nosotros.

186

Los dos, dos sombras y polvo, nosotros los más dichosos. Tú sin camisa y yo en rojo, tú en pantalones y atómico explotándome demonios cariñosos sobre el rostro. Ojerosos, yo muerta en vida y tú en morbo sobre el diván y ante ojos; pero el tiempo mata todo.

¡Y mira ahora qué somos…!

Los dos espectros sin rumbo que gravitan sin cesar y aún vagan juntos. Nos amamos y hoy aún pedimos mucho, pues morimos al lado el uno del otro. Disfrutando la vejez sin vivir solos, pues el tiempo mata todo y a nosotros, nos mató el amor profundo y sus embrujos.

Allí vivimos nosotros, de allí partimos de este mundo; y la pintura del muro recuerda que este amor fue único. Allí vivimos nosotros, nuestra visión de la vida, allí sufrimos caídas y nos paramos jocosos. Te recuerdas vida mía; te recuerdo hasta de aquella última rima…

Te recuerdo consentida y siempre viva.

Yo te recuerdo mi guía, sin camisa pues nunca te diré mentiras ni en ceniza. Allí vivimos nosotros, en aquella casa vacía y linda que aún merodean nuestras almas cada día. Y te recuerdo querida; y hasta aquí en humos continúas siempre viva.

Y nuestras almas se aman sin medida; y allí si revisan, nuestras cenizas respiran.

187

Luz y Albor.

Si existiera eternidad no hubiera muertos, ni vestigios de maldad de hombres que fueron. Si yo tuviera fortuna haría dinero; y daría sin robar el que hoy no tengo.

Si fuera la soledad buscaría un hueco, para enterrarme en infiernos si detesto. Y si fuera situación sería el momento, en que al alba sale el sol de entre los cerros.

Si tuviera ojos sin ver sería ciego, si perdiera la razón no tendría nervios; si sintiera un día pavor tuviera miedo. Si me pusiera espejuelos vería nítido, que del lagrimal del sol gotea fuego.

Que despierta con sus rayos mi epicentro; y se opaca ante la noche y sus misterios. Y si me hiciera un callejón pondría perros, amarrados al portón que da al sendero…

Y si fuera Pueblo Nuevo un cementerio, voz, derechos con respeto y sentimientos.

Y estaría hecho; ¡de carne y huesos!

Si yo fuera corazón tendría un cuerpo, que legaría la inspiración y el buen ejemplo. Si cantaran mi canción daría conciertos; a capela, a tinta viva y a recuerdos.

Si yo fuera la ilusión traería amor bueno, sangre, arenas y calor sin ser desierto; y si fuera la pasión nunca iría lento, pues el tiempo pone viejo hasta al madero.

Y hecho leña siempre termina hasta el cedro, de barril o al horizonte vuelto puerto; fuera tablas calculando el buen consejo,
descubriéndome de adentros y resuelto.

Si sintiera tentación sería honesto; y pondría condición a los que quiero. Al servil, al vengador, al mago, al necio. Y no sería quien condeno y nunca aliento.

¡Ni sinónimo, ni homólogo, ni espejo!

189

Quien comprenda que envejece arruga menos; y quien sepa lo que quiere llega lejos, convirtiendo en realidad todos sus sueños, sin las dudas que nos causan los complejos.

Arrastrando hasta el panteón, versos y besos.

Desangrado el desamor no da mareos, ni tristezas ni dolores de cerebro. Si amarrados al portón quedan los perros, si un escudo nos ponemos en los dedos; se acaba el juego...

Y el sendero lo andaremos sin más miedo.

Y en el mar navegaremos cual velero, si de cedro nos curtimos hasta el pecho. Si las velas arriamos siempre a tiempo; y zarpamos al azul cual marineros. Al rumbo opuestos...

Sin perder la luz del faro que va al puerto.

Si escribiera rimas lindas y sonetos, si cantaran mi canción daría conciertos; a capela, a tinta viva y a recuerdos. Si tuviera olor a flor sería un bohemio...

Y esta lista de recuentos fueran negros; si yo fuera viva voz tendría eco...

¡Y si tuviera luz y albor; ya fuera genio!

Alegre y breve.

Hoy vengo a hablarles de mí abstraído en quienes me leen, a analizar en presente lo que el pasado me debe, a pagar por quienes beben sin que me cueste el quererles; y a invitarlos a entenderme ya que solo me cuento a veces y no siempre. Hoy, porque en la fecha cae jueves y agosto aventaja a diciembre en el calendario de mis nieves. Hoy porque me siento verde y rejuvenecen mis sienes...

¡Hoy salí a pies a correrme hecho tinta y voces breves!

Pues me he dado cuenta que el germen resistente, brota hasta de un cuerpo inerte que bajo hielos congele. Hoy es el momento alegre, en que todo lo que creen puede afirmarse sin verme. Preceptos, sinrazones y deberes y objeciones y simplezas; si por mis arterias se sumergen hasta mis profundidades rebeldes. Y a pan y vino, pan y vino; y no el nombre de sus diferentes ingredientes.

Que a mí me costarán lo mismo; y a ustedes, el precio de donde se encuentren, si hoy se antojan y lo pueden.

191

De labor he hecho mi historia, de puro amor impotente, de duro adiós que se pierde, de soledad y de ayeres...

De fundamentos que no me estorban, de principios y reveses. De victorias con mujeres y de musas que dan gloria sobre las líneas y los puentes; y al amanecer nos pervierten y se pierden. De caídas, de paradas, de escapadas y de gente que me quiere y me defiende. De pecho abierto a la patria, de espalda y de espadas y floretes; y de amigos, que otrora vieron dolientes.

Pero nunca de puñaladas, ni de acciones indecentes; de vientre, de dientes, de leche y de aguardiente...

De aventuras al poniente impertinente, de virtudes, de defectos y de pieles. De riqueza bien gastada, de blanca cal de metralla, de hojas de musgos perennes, de coches y de compensarlas, con mis sonrisas de duende. De las nostalgias más crueles y los olvidos más tenues, de las miradas fervientes y las botadas al césped del albergue; y de la retina infinita de mi lente.

Y de vida dada por sana, a quienes yo haya querido dársela. Y no a quienes me esclavizaban sin quitármela y me aguantaban frente a las pedradas. Es por eso que hoy no me importa si aún hieden las huestes tiránicas; yo vine a hablarles a ustedes que me entienden al leerme. A soplarles lo que dictó mi consciencia sin los detalles que cuenten, los menesteres de un ser valiente.

192

Y convendrán que fui breve; y que dije patria y alegre.

Si te falta la expresión no eres quien hablas. Si no importa entonces dame tus palabras; sin cobrarme las más caras.

Y si te sobran las guardas para escucharte entre páginas, por allá por donde el cuento al inspirarte traiga magia...

¡Y digas gracias ojeándolas; y por allá con ella te distraigas!

¡Escuchándola!

(Extraído de: La voz del cuento, Pág. 30)

195

Este libro vio igualmente la luz gracias a las sinceras y amistosas colaboraciones de:

Prologo: Dolores García Ruiz. *Escritora, investigadora, conferenciante y guionista y Asesora literaria española.*

Web de la escritora: http://www.doloresgarcia.es/

Caratula: Eva Moreno. *Fotógrafa española.*

Web de la Fotógrafa: http://www.evamoreno.book.fr/

Modelo: Céline Rosa. *Comediante y Modelo francesa.*

Web de la Modelo: http://www.celinerosa.book.fr/

Foto interior: Ariel Arias. *Fotógrafo cubano.*

Web del fotógrafo: http://www.ariaphotographe.com/

Web del autor: http://tonycanterosuarez.com/

Alive!Words
Editor master Prod.   TM

© COLECCIÓN TÍTULOS & PRÓLOGOS.

T&P – Personal –

UN PRÓLOGO AL ÓLEO & OTROS TÍTULOS PINTADOS EN RIMAS.

Folleto literario publicitario.

Issuu: http://issuu.com/tonycanterosuarez/docs/t p personal - un pr logo al

201